Christiane Kunze

P.P.S.: …Heimgegangen

Ohne Dich.

Bibliografische Informationen zur Deutschen Nationalbibliothek.
Die Deutsche Nationalbibliothek verzeichnet diese
Publikation in der Deutschen Nationalbibliografie; de-
taillierte bibliografische Daten sind im Internet über
http://dnb.dnb.de abrufbar.

©2016 Christiane Kunze
Herstellung und Verlag:
BoD – Books On Demand, Norderstedt

ISBN: 978-3-7392-2880-8

Kapitel 1: Wurzeln

Da lag ein Buch.

Eine Art Notizbuch in einem Karton. In Staub gekleidet und so gut verstaut – beinahe versteckt, als wollte man verhindern, dass es jemals (wieder?) das Tageslicht erblickte.

Es lag schwer in der Hand. Ein beachtliches Gewicht. Höchstwahrscheinlich der langen und tiefen Geschichte geschuldet, die es in sich barg. Im schwachen Licht des Dachstuhles und inmitten der tanzenden Staubkörnchen setzte ich mich im Schneidersitz vor den Karton und hielt nun endlich das Buch meiner Mutter in den Händen.

Ich hatte so lange nach den vielen Geheimnissen gesucht, die meine Mutter umwoben. Da war es also, das Ding, das Papa die ganze Zeit geheimhielt.

Trotz und Neugier – vielleicht auch zehrende Sehnsucht in meiner Brust, hielten mich davon ab, meinem Papa zu gehorchen. Er meinte es sicher nur gut. Aber ich wollte Mama doch auch endlich kennenlernen.

Seit vierzehn Jahren lebte ich nun auf dieser Welt und fühlte meine Identität nur verschwommen. Eine Identität ohne Konturen. Da war immer dieser leere Fleck in der Brust, den ich nun so gern stopfen wollte.

Und dies war nur möglich, indem ich meine Mutter kennenlernte. Wenn nicht persönlich, dann doch wenigstens durch ein paar wenige Überreste – Erinnerungen an sie. Ich kannte sie ja nicht mal von Fotos, denn die gab es im ganzen Haus nicht. Ich hatte Papa ein- oder zweimal gefragt, warum er keine Bilder von Mama aufhängte.

Er wollte es eben einfach nicht. Gründe dafür gab er nicht an. Ob er sie nicht lieb hatte oder er sie zu sehr vermisste – keine Ahnung.

Tabuthema Mama.

Ich wusste ja noch nicht einmal, ob sie noch am Leben war!

Mich ärgerte diese Heimlichtuerei und wir gerieten oft aneinander.

Typisch für Papa und ich: Auf der einen Seite ein unzertrennliches Team und auf der anderen Seite krachte es ab und an gewaltig. Zwei Starrköpfe auf einem Haufen. Das hatte ich definitiv von Papa! Aber all die anderen Eigenschaften… Kreativ, empathisch, musikalisch, sensibel… hoffnungslos romantisch… Das waren absolut keine Eigenschaften, mit denen mein Vater sich schmücken konnte.

Wie war meine Mutter? Wie bewegte sie sich? Wie klang ihre Stimme…?

Alles Fragen, die ich wahrscheinlich auch mit dem Notizbuch in der Hand nicht hundertprozentig beantwortet bekommen würde. Und ich würde wie immer nichts von Papa erfahren. Also musste ich es selbst herausfinden – meine Wurzeln entdecken.

Und vor allem wie fing es an? Wie begann es, dass Papa von Zeit zu Zeit der kränkliche Mann wurde für den ich nur noch mitleid erntete?

Darüber wollte ich mir aber erst später den Kopf zerbrechen. Jetzt hatten meine Mama und ich eine Verabredung. Nur sie und ich…

So schlug ich die erste Seite des alten Notizbuches auf und begann zu lesen…

Kapitel 2: Irgendwo - mitten im Leben

(…)Wenn es einen Ton gibt, den kein Mensch hören kann, dann fragt man sich doch, was für einen Sinn es hat, diesen Laut von sich zu geben?! Eine einzelne Note, die eine Abfolge von unzählbar vielen Achtel- und Viertelnoten einleitet, um eine Symphonie der Disharmonien zu erzeugen.

Im Trommelfell dröhnt es und die Vibration durchfährt Mark und Knochen. Bis tief in die Zehenspitzen und Fingernägel erzittern der Bass und der Klang, die sich abwechselnd das Zepter überreichen.

Ein Sturm der Aufruhr. Eine Uhr, die sich rückwärts dreht. In einem Tempo, dass es dem Auge schwerfällt, den Zeigern zu folgen.

Und ehe man sich versieht, ist man zurückgeworfen an den Punkt, an dem alles begann.

Das Blut rauscht in den Ohren zum Rhythmus der Musik. Sofern man hier von „Musik" und „Rhythmus" reden kann.

Ein verzweifelter Versuch, Ordnung in dieses Wirrwarr zu bringen. Unfreiwillig kommen nur noch weitere Töne hinzu, die hartnäckig ihren Platz auf den eingravierten und eingebrannten Notenzeilen in Beschlag nehmen.

Ohne Gewalt werden sich diese kleinen Biester wohl kaum ergeben und den Platz räumen für neue Töne.

Ja! Es bedarf einer neuen Melodie!

Nicht einfach einer beliebigen Melodie...

Es sollte eine Harmonie werden, die alles wieder in Einklang bringt!

Doch gibt es keine Luft und keine Lücke, dass nur ein Strahl dieser Sehnsucht erweckenden Melodie sich einen Weg durch die Dunkelheit bahnt.

Wenn die kleinen, schwarzen Notenköpfe sich aneinander reihen – einer nach dem anderen, dann ist bald nichts mehr von den Konturen zu erkennen. Alles zerfließt zu einer schwarzen, zähen Masse, die einer undurchdringlichen Wand gleicht. Es sind zu viele geworden, als dass man es mit ihnen alleine aufnehmen könnte.

Früher war das anders. Damals war man noch nicht auf sich allein gestellt...

„Das misstönende Klirren tausender Scherben hinter der Stirn übertönt alles!".

Milliarden schreiende Gedankensplitter fressen sich in das Gehirn. Der Realität, die zur Vernunft ermahnt, bleibt nichts weiter als ein leises Wispern, das dem höhnischen Gelächter der Angst gegenübersteht.

Das Innere wölbt sich nach außen. Die Stirn und die Wangen glühen. Begleitet von einer Welle der Übelkeit.

Und da sind sie wieder: Gedankliche Messerklin-

gen, die den Kopf zum Explodieren bringen…
„Ja…. das war er… Ende."
„Schatz, ich habe keine Ahnung woher du diese Kreativität nimmst, um solche Träume zusammen zu spinnen! Hast du nachts nichts Besseres zu tun? Also ich weiß nicht, was du so machst in den späten Stunden, aber ich schlafe… Versuch es doch mal damit!", grinste er und kniff mir in die Seite.
„Blödmann."
Mit lässigem Schulterzucken und immer noch dem schelmischen Grinsen auf den Lippen drehte sich Jack weg von mir und schlenderte wieder zu seinem überfüllten und chaotischen Schreibtisch. Mit einem Seufzer setzte er sich an seinen Laptop und begann seinen wichtigen Aufgaben nachzugehen, denen er Ausdruck verlieh durch schnelles, geschäftiges Klimpern auf den Tasten. Das bedeutete nun Thema beendet. Haken dran.
‚So schnell werde ich abgewürgt…', schmollte ich und wandte mich ebenfalls ab, um in der Küche den Aufwasch zu machen. Besonders erleichtert fühlte ich mich nicht trotz Offenlegung des abstrakten Traumes.
Stattdessen schlich sich ein unbehagliches Gefühl in mir ein und hockte schwer in meinen Nacken. Was sollte das alles nur schon wieder bedeuten? Den Details konnte ich in der Tat Bedeutung zuschreiben… Töne… Ja, diese spielten eine große

Rolle in meinem Leben: Mit Leib und Seele Voll-
blut-Musikerin! Immer eine Handbreit vom Gitar-
ren Griffbrett entfernt und ständig ein Lied auf
den Lippen. Eine Gegenmelodie zu der meinen
konnte ich nie ausstehen! Ich schrieb das Lied und
wenn etwas absolut nicht zu meinen Akkorden
passte, dann trieb mich das in den Wahnsinn und
musste sofort ausgelöscht werden!

Das spiegelte sich auch in vielen anderen Dingen
wieder. Im übertragenen Sinne, versteht sich.

Tolerant hinsichtlich verschiedener Musikrichtun-
gen war ich wenig und so auch hatten bei mir
Männer mit einem, aus meiner Sicht, schlechten
Musikgeschmack keine Chance.

Ich liebte die handgemachte gute Musik. Dafür
schlug mein Herz. Dennoch war es Zeit für mich
und meine Band eine Generalüberholung vorzu-
nehmen. Neue Songs entstanden nur noch vor
dem Hintergrund alter Schinken. Keine Ideen,
keine Inspiration. Und somit auch keine Termine
für Auftritte. Seit einem halben Jahr buchte uns
niemand mehr.

Man merkte es uns sofort an als sich die Demoti-
vation und Lethargie einschlich. Und das übertrug
sich auf Fans und Auftraggeber.

Aber die Musik war das einzige, was ich noch wirklich besaß. Worin ich mich verliere und wofür ich
mich begeistern konnte.

Sollte mir das nun auch abhanden kommen?

Darauf zielte dieser verwirrend Traum also auch ab: Es bedurfte einer Revolution der alten Töne! Wenn dies nicht geschah… Dann würde ich vielleicht wirklich das einzige verlieren, was ich liebte und was mich wiederliebte. Nicht zu fassen wie blind ich diese Gedanken sponn. Ich hatte ja keine Ahnung…

Es stagnierte. Die Musik, die Euphorie, die Leichtigkeit, die Lebensfreude. Wo war all das hin verschwunden, was das Leben lebenswert machte? Mir fehlte in diesen Tagen so sehr der Motor, der mich antrieb, der mich am Leben hielt.

Der Gedanke an eine leere Zukunft, an ein leeres Leben mit nichts auf was man sich freuen konnte, bereitete mir unglaubliche Angst.

‚Diese schwarze zähe Masse…', dachte ich und erinnerte mich davon geträumt zu haben.

Ja, das war es. Dieses Gefühl, dass alles konturenlos ineinander floss und ein schwarzer Brei entstand, ähnlich einem Sumpf, in dem man langsam versank und erbärmlich an seinem Überlebenskampf erstickte.

Vorwärts ging es also nicht. Genauso wenig konnte man auf der Stelle stehen bleiben. Aber was war die Alternative?

Sich in der Vergangenheit verlieren?

Ein Schauer huschte über meinen Rücken. Bei dem

bloßen Gedanken an die Vergangenheit zogen sich meine Eingeweide zusammen und krampften. ‚Ich war nicht immer so ängstlich...', sinnierte ich und ließ meine Hände von dem warmen Aufwaschwasser umfließen. Wie sanft die kleinen Wellen meine Finger streichelten.

Ein weiterer Schauer, diesmal ein angenehmer, der eine kribbelnde Gänsehaut auf den Armen hinterließ, überkam mich.

Da fiel mir ein, dass ich lange nicht mehr schwimmen war, was ich früher so gerne tat. Ich liebte das Wasser! Man fühlte sich so leicht und frei umgeben von dichter Nässe.

Warum ist das letzte Mal so lange her?

Natürlich kannte ich die Antwort. Verbissen und mit geschürzten Lippen nahm ich den Schwamm und den ersten Teller. Ich beendete meine Gedanken, weil ich genau wusste, wo es hinführen würde, wenn ich es nicht tat.

Das Telefon klingelte.

„Dina, es ist für dich!", rief Jack aus dem Wohnzimmer. Schnell trocknete ich Hände ab und überließ das restliche Geschirr, ungeachtet der dicken Tomatensoßenkruste, seinem Schicksal.

Jack kam mir bereits mit einem beleidigten Blick entgegen, drückte mir das Telefon in die Hand und lief an mir vorbei in die Küche.

Über die Schulter rief er mir noch zu: „Fasst euch

kurz.".

Ich ahnte bereits, wer mich am anderen Ende der Leitung erwarten würde.

„Hallo?".

„Hey… Dina. Ich bin's… Ich meine, hier ist Tim… Wie geht es dir?".

Tim also. Wie ich es vermutet hatte. Ich freute mich, seine Stimme zu hören.

„Hey Tim! Wie geht es dir denn? Schön, dass du dich meldest. Bei mir ist alles bestens."

Etwas zu freudig wie ich mit schlechtem Gewissen gegenüber Jack feststellte, der ohne Zweifel von der Küche aus lauschen musste.

Ja, was sollte ich zum Thema Tim (oder sollte ich es das Tim-Fiasko nennen?) erzählen…

Schwarm, Freund, Exfreund, Freund, Verlobter, Exfreund, komplizierte Bekanntschaft. Kurzfassung.

Mehr sollte ich dazu wohl nicht sagen, obwohl dem Tim-Fiasko wohl mehr Worte zuständen, als diese acht, da dieser Mann immer wieder in meinem Kopf und im nahen Umfeld auftauchte. Er konnte und sollte einfach nie nur ein guter Freund sein. Zu weit entfernt innerhalb einer Freundschaft und zu nah in einer Beziehung.

In der Küche klirrte es. Vermutlich ein zu Boden gefallener Teller.

„Mir geht es… nun ja, den Umständen entsprechend, Dina…"

Ein tiefes Seufzen war am anderen Ende zu hören. Ich wartete ab.

„Was soll ich sagen. Ich dürfte vor dir so etwas gar nicht aussprechen, zumal dein Verlobter wohl kaum fünf Schritte von dir entfernt steht…".

„Was ist los, Tim? Ich bin allein…", untertrieb ich und betete insgeheim, dass Jacks Lauscher nicht zu groß waren.

Ein weiteres Seufzen und (verhörte ich mich?) ein leises Schluchzen.

„Du fehlst mir so… Es ist so falsch, dir etwas Derartiges zu sagen, aber ich ärgere mich so über mich selbst! ich hätte derjenige sein können, der dir den Ring ansteckt. Aber ich war zu langsam… und jetzt bist du weg… Jetzt bist du bei ihm.". Ja, Tim und mein Plan war gut. Er war ausgereift und beschlossene Sache. Nur war es ganz und gar nicht seine Schuld, dass dieser zerplatzte, sondern mein Versagen, meine Schwäche, meine Angst.

„Tim, bitte… nicht schon wieder. Ich weiß, dass es schwer ist. Ich verstehe, dass du leidest…".

„Du denn etwa nicht? Ist dir all das vollkommen egal?".

„Natürlich nicht!", platzte ich heraus.

Vorhaltungen und Unterstellungen waren jetzt das Letzte, was ich gebrauchen konnte.

Wieder ein Zerschellen in der Küche. Das musste

ein Glas gewesen sein. Was um Gottes Willen trieb Jack da drüben?

Nervös und gestresst rutschte ich unruhig auf dem Sofa hin und her und empfand das Telefonat als äußerst ungelegen.

„Tim, pass auf… wir reden noch einmal über alles. Nur jetzt ist der denkbar ungünstigste Zeitpunkt. Du weißt…".

„Hm.".

Mit einem Seufzen, diesmal von meiner Seite, beendete ich das Telefonat: „Bis später! Ich melde mich später bei dir! Mach dir keine Gedanken… Ich hab dich gern!".

Das war wohl zu viel des Guten. Ein drittes Mal klirrte es in der Küche. ich sprang auf, schnellte nach nebenan zu Jack und fand ihn vor mit Schaufel und Handbesen.

Mit wütender Miene beseitigte er forsch den Scherbenhaufen auf dem Boden.

„Kann ich dir helfen…?", fragte ich vorsichtig.

„Ich weiß nicht. Hast du denn Zeit für solche Nebensächlichkeiten?

Wie mir scheint sind die Angelegenheiten dieser Heulsuse von größerer Priorität!", polterte er.

Ich senkte meinen Blick, jedoch nur um angestrengt meine Zunge in Zaum zu halten. In mir brodelte es.

Ja, natürlich hatte er Recht. Es war nicht in Ordnung, dass ich mich noch so sehr um Tims Wohlbefinden kümmerte.

Und ja, nicht ohne Grund machte er so seine Szene. Auch wenn er unwissend darüber war wie sehr diese Eifersucht gerechtfertigt war.

Aber er sollte sich lieber an seine eigene Nase greifen!

Ich strich meine Hosen glatt und lief ungeachtet des restlichen Aufwaschs ins Schlafzimmer, schnappte meine Badetasche, Handtuch und zog mir schnell meinen Bikini an. Mit gepackter Tasche schlenderte ich zu Jack in die Küche. Der Aufwasch war gemacht und alles wieder an Ort und Stelle. Ein ungewöhnlicher Akt von Jack, aber dafür ein vertrautes Bild, was sich mir zeigte.

Mit Zigarette im Mund, Ellenbogen am Fensterrahmen und Blick nach draußen.

Dieser nachdenklich wirkende Mann war meiner. Ohne Frage. Hergeben wollte ich ihn nie wieder. War es denn mehr ein „Was ich jetzt habe, habe ich sicher" oder war ich wirklich glücklich und zufrieden?

Ich liebte ihn. Er war gut zu mir, er brachte mich zum Lachen, sorgte sich und trug mich auf Händen. Ich konnte mich mit ihm streiten, mit ihm weinen, mit ihm Abenteuer erleben oder einfach nur schweigen.

Aber es war nie das, was ich geplant hatte. Dennoch zeichnete mich in diesen Tagen die Dankbarkeit aus. Ich war dankbar für Jack.

Doch dann und wann schlich sich der Gedanke ein, dass ich dankbar war, dass er mich zu seiner Frau nehmen wollte, weil er so bedingungslos liebte. Nicht viele Männer hätten das für mich getan. Wer wollte auch schon so ein unsicheres Mädchen mit großen Macken und seltsamen Anwandlungen? Jack tat es.

Er liebte mich so wie ich war. Auch wenn ich wiedermal nachts schreiend und weinend aufwachte und wir beide vor Schreck im Bett saßen, schmiegte er sich an meinen schweißnassen, zitternden Körper, um mir Trost zu schenken.

Die letzte Nacht war wieder eine dieser Nächte. Der Traum hörte sich vielleicht für Außenstehende nichts anderes als verwirrend an, aber für mich war es kräftezehrend. Ich war so müde und mein Kopf war unglaublich schwer als hätte der Traum Bleispuren hinter meiner Stirn gelegt.

„Jack, ich würde für eine Stunde schwimmen gehen… Ich muss irgendwie meinen Kopf frei kriegen. Der Traum, diese Nacht und jetzt auch noch Tim… Sei mir nicht böse. Danach bin ich bestimmt besser drauf."

Wir wussten beide, dass dies ein vorschnelles Versprechen war. Einmal eine schlechte Nacht, so war auch der darauffolgende Tag im Eimer.

Und dennoch wandte sich dieser liebevolle Mann zu mir um, machte ein paar Schritte auf mich zu und schloss mich in die Arme.

„Ok. Solange es dir gut geht..."

Er gab mir noch einen Kuss auf die Stirn und all der Ärger über Tim war vergessen.

Für einen Moment fielen alle Sorgen von mir ab. Eine Leichtigkeit durchfuhr mich und ich wusste, dass ich glücklich war.

Wie viel konnte Angst zerstören... Wie viel hatte sie nicht schon zerstört in meinem Leben und was würde sie wohl noch kaputt machen? Jetzt hatte ich keine Angst.

Ich löste mich aus seiner Umarmung und lächelte ihn an.

„Bis später...", flüsterte ich. (...)

Kapitel 3: Gewalt heuchelnde Liebe

(…) Jedes Mal, wenn ich auf diesem Weg ging, fühlte ich mich so endlos befreit.

Unter den Baumkronen war es still. Kein Lärm von der Welt drang hindurch. Ich mochte diesen Frieden hier, weil es schien als würde ein Segen auf allem liegen, das mich hier umgab.

Die Schneeflocken, die sich leise auf meine Wimpern und mein Haar legten, beruhigten mich und nahmen mir die innere Aufruhr, die ich seit Jahren mit mir herumschleppte. Ja, sie kühlten meine brennende Haut! So langsam und leicht wie sie sich tanzend herabsenkten zum Erdboden hin, standen sie im extremen Kontrast zu dem Chaos, das die Oberhand in meinem Leben gewann. Es war ein unscheinbarer Weg, der mich von zu Hause wegführte. Wann ich das letzte Mal auf ihm

21

gelaufen bin, wagte ich gar nicht auszusprechen! Es war ewig her!

Vor einiger Zeit ging ich fort von hier und lief den Weg in genau diese Richtung. Nur machte ich damals keinen Halt bei der Schwimmhalle, die noch ca. einen Kilometer vor mir lag. Diesen Weg so harmlos entlang zu gehen, war zum einen ein beruhigendes als auch ein seltsam befremdliches Gefühl. Damals ging ich heimlich und in größter Panik ertappt zu werden, fort von hier.

Ja, ich könnte sogar sagen, dass ich auf der Flucht war. Auf der Flucht vor einem Mann, den ich glaubte zu lieben. Wenn man das überhaupt *Liebe* nennen konnte.

Ich ging als Kind möchte man meinen und kam als Erwachsene, vielleicht sogar als alte Frau wieder. Auch wenn ich nicht lange Zeit fort von hier war, aber die Erlebnisse machten jeden Tag zu einem ganzen Lebensalter. ‚Was ich dir gegeben habe, werde ich niemals wieder zurück bekommen...‘, dachte ich still bei mir.

Auf meinem Weg zur Schwimmhalle drifteten also meine Gedanken weit ab - zurück in die Vergangenheit und jagten mir einen gewaltigen Schauer über den Rücken:

Es war im Frühling vor fast zehn Jahren...

Jede Sekunde war eine schlaflose Sekunde. Jeder nächtlich wachsame Blick galt dir.

Es war damals eine flüchtige Liebe. Ein Versuch mich an etwas Bezauberndes zu binden. Ich wollte diesen Zauber festhalten für die Ewigkeit.

Doch so flüchtig wie ich dich auf dem Konzert kennenlernte und dich bewunderte wie du dort oben standest und die Menschen mit deiner Musik begeistertest, so flüchtig war leider auch der Zauber.

Was ich mit nach Hause nahm, war nie etwas Magisches, sondern nur eine kalte, lieblose Realität.

Du warst so anders zu den Menschen, die dir tosenden Applaus entgegenbrachten. Und ich?

Ich war zu jung und vielleicht fühltest du dich nicht genug bewundert von mir…

Du lagst neben mir. Du warst wach und wusstest, dass ich dich beobachte.

Genau in diesem Moment wünschte ich mir, die salzig nasse Träne auf meiner Wange von deiner Hand weggewischt.

So sah mich niemand. So kannte mich keiner. Vor allem nicht du.

Wenn ich es dir sagte, was ich fühlte, dann war ich am nächsten Morgen nicht mehr. Manchmal wünschte ich jedoch, am nächsten Morgen nicht mehr zu sein. Weil ich immer erfüllt war von

Angst. Ständig hatte ich Angst, nicht mehr an deiner Seite aufzuwachen.

Ich wollte es dir sagen. Ich wollte dir sagen, wie sehr ich an dir klebte.

Aber eigentlich wollte ich, dass ich es dir nicht sagen muss. Ständig wünschte ich mir, dass du es mir aus meinen Augen abließt. Doch das tatest du nicht.

Nie kamst du von allein zu mir und nahmst mich in den Arm...

‚Ich werde morgen nicht mehr sein, wenn ich es jetzt sage.', dachte ich ständig.

So lag ich Nacht für Nacht neben dir und ließ meine Gedanken schweifen.

Ich kannte dich. Keiner kannte dich so wie ich.

Ich atmete meinen letzten Zug, dann riskierte ich es.

Jetzt sahst du, was hinter meiner Fassade steckte - was mich als Mensch ausmachte.

„Ich kann das nicht mehr...", flüsterte ich.

Noch einmal holte ich Luft, um mutig auszusprechen, was ich dir schon so lange sagen wollte. Du schwiegst.

„Ich komme nicht an dich heran... Warum lässt du nicht zu, dass ich dich berühre?"

Wieder sagtest du nichts.

Ich hatte so sehr Angst vor dir, aber ich konnte nicht ablassen. Du hattest die Regeln aufgestellt

24

und ob ich wollte oder nicht, ich ließ mir von dir wehtun.

Du warst so übermächtig und nahmst mich mit deiner ganzen Art und Männlichkeit jede Nacht von Neuem ein.

Und dann schicktest du mich weg.

„Ich glaube dir nicht, dass du so kalt bist… Weißt du, dann würde ich nicht so viel für dich empfinden… Tony, ich liebe dich…".

Jetzt war es raus.

Mein Atem ging schwer und mein Herz raste. Das Adrenalin schoss durch meine Adern in voller Spannung, was als nächstes passieren würde.

Du setztest dich auf, beugtest dich über mich und drücktest mir deine Hand gegen die Kehle.

„Das darfst du nicht! Du darfst mich nicht lieben!", sagtest du und deine Stimme zitterte vor Schmerz. Tränen rollten an meinen Wangen herunter. „Du weißt ich will dich, Dina, aber nach meinen Regeln. Tu mir das nicht an."

Du beugtest dich weiter über mich, hieltst mir den Mund zu und drücktest mich ins Bett. Atmen konnte ich nicht.

Aber ich ließ es zu. Ich ließ es einfach über mich ergehen. Ich spürte die Leidenschaft oder vielleicht einen Funken von Liebe. Und wie du mich dabei ansahst!

Es ist alles so falsch gewesen.

Es war eine Art von Liebe, die ich nicht verstehe, egal wie oft ich sie mit dir erlebte.

Du tatest mir weh und verlangtest von mir bei dir zu bleiben.

Wie kann ich dich nur lieben… So oft stellten mir meine Freunde diese Frage.

Du verletztest mich. Du hieltst mich fern. Aber ich tat es eben. Und das schon mit dem ersten Mal als ich dich gesehen habe. Seitdem hattest du mich in der Hand.

Welchen Preis bezahlte ich für meine Liebe! Schmerz und Angst vor Verlust meiner Mitmenschen.

Du sagtest, dass du die Macht hast sie mir zu nehmen.

Nur diese eine Nacht war anders. Die Nacht, in der ich redete. Ich weinte und hatte Angst.

Nun stand etwas Ausgesprochenes im Raum, was auch dir Furcht bereitete. Voller Verzweiflung und mit diesem Wahnsinn in deinem Blick hieltst du inne und nahmst den Anhänger meiner Kette zwischen die Finger.

Du wusstest, dass ich dieses Schmuckstück von meiner Schwester bekommen hatte, die mir so nahe stand wie kaum ein anderer Mensch.

Ein kleines Puzzlestück, dessen Gegenstück um den Hals meiner geliebten Schwester hing.

„Du liebst sie sehr, nicht wahr?", sagtest du mit

schneidender Stimme. Ich nickte.

„Du willst doch nicht, dass sie dich verstößt, sich vor dir ekelt und sich abwendet… Also tu was ich dir sage. Liebe mich nicht. Keiner sollte das tun.".

Du hattest Angst. Ich wusste das und ich sorgte mich um dich. Aber du wolltest niemanden, der auch nur ein gutes Gefühl der Nähe für dich hegte. Mit einer Hand drücktest du mir die Luft mehr und mehr ab. Ich bemerkte gerade noch so, dass deine Stirn vor Schweiß tropfte und du Tränen in den Augen hattest.

Warum hast du uns das angetan?!

Mit einem Mal wölbte sich alle Wut und alles Unverständnis in mir zu einem Berg auf und ich resignierte in meiner Liebe zu dir.

„NEIN!", schrie ich und stieß dich mit einem letzten kraftvollen Akt von meinem Körper. Du setztest an zu einem letzten wütenden Angriff.

„NEIN!", schrie ich nochmal.

„Bleib weg von mir! Hör endlich auf!".

Du erhobst dich und verließt langsam den Raum.

Stille und Dunkelheit erfüllten das Zimmer. Das Letzte was man hörte, war das Donnern einer Tür, die ins Schloss fiel und hart auf Holz prallte.

Ein kurz andauerndes Dröhnen und ein Hall von dem hinter der Wand gelegenen Gang erfüllten die beinah dickflüssig wirkende Stille.

Dann war Ruhe. Nicht mehr länger die Ruhe vor

dem Sturm. Es war die Stille nach dem Kampf. Kampf um Macht.

Ich kämpfte mit meinen Worten und Flehen. Mit meinen Augen suchte ich deinen Blick. Doch ich sah nur Wahnsinn. Wie jedes Mal. Mit der einen Hand drücktest du mich in die Matratze deines Bettes, in dem wahrscheinlich schon Hunderte vor mir lagen.

Ein Zittern ging durch das Zimmer, als wollte sich etwas mit Gewalt aufbäumen und seinen unbändigen Zorn versprühen. Nach einigen Sekunden, in denen die Luft nur so von Elektrizität erfüllt war, wurde es ganz still. Anders still.

Die Ruhe schwoll nun nicht mehr zu einem unerträglichen Lärm an, sondern blieb regungslos liegen.

Nun war es vorbei.

Das Ende der Geschichte dieses Kapitels. Nur ein Kapitel meines Lebens.

Dort wo mich niemand sah, lag ich.

Die salzig nasse Träne auf meiner Wange war längst verdunstet auf meiner feurigen Wange.

Feuer brannte in mir.

Erst ein Feuer einer sehnsüchtigen Liebe und nun...

Ganz fiebrig war ich. Kein Mitleid und Erbarmen hielten dich auf.

Anstelle der Träne, bahnten sich nun kleine

Tröpfchen blutigen Leidens durch alle Poren und ich war für alle Zeit unkenntlich gemacht.

Genauso, wie du es wolltest. Genauso, wie du es nie anders konntest. Nur nicht, wie ich es mir ersehnte. Aber es war nur eine Gewalt heuchelnde Liebe. Weil du die wahre Liebe fürchtetest. (...)

Kapitel 4: Reisen zwischen Erinnerungen

Ein Schauer jagte über meinen Rücken und meine Augen brannten vor Anstrengung nicht etwa nass zu werden als ich die Zeilen in dem Buch wieder und wieder las.

Dieses kleine, unscheinbare Buch begann so unschuldig an irgendeinem Tag im Leben meiner Mutter und meines Vaters zu erzählen.

Mir stellte sich die Frage, ob Mama wohl schon früher Tagebücher schrieb oder ob sie wegen schwerverdaulicher Vorkommnisse mit diesem hier erstmalig begann.

Ich konnte nicht sagen, ob sie die Kapitel an einem Tag schrieb, da an keiner Stelle ein Datum vermerkt war.

Aber ganz gleich, wann sie es schrieb, es musste ein Tag gewesen sein, an dem sie genug Kraft hatte, sich all dieser schrecklichen Erfahrungen zu erinnern.

Meine Mutter sollte tatsächlich in einer Situation gewesen sein, in der ihr ein Mann viel zu nahe kam?

Nicht nur körperlich, sondern er bedrohte auch die noch junge Seele meiner Mama! Warum hatte sie nie Hilfe gesucht? Geschweige denn auf ihre Freunde gehört?

Mir schnürte es den Hals zu.

Auch wenn ich nicht jedes Wort verstand, das Mama geschrieben hatte, spürte ich dennoch die Angst und den Schmerz.

Ich verstand noch nicht, dass es möglich war, jemanden so bedingungslos zu lieben, dass man trotz so großen Leidens bei diesem Menschen bleiben wollte.

Um ehrlich zu sein, hoffte ich, dass ich nie in eine solche Situation kam, in der ich dieselbe Erfahrung machen müsste.

Ich schüttelte den Gedanken und die Bilder ab und las weiter:

(…) Ich stand an Ort und Stelle vor der Schwimmhalle und bemerkte erst jetzt, dass ich das Laufen eingestellt hatte.

Er, Tony, hatte mir meine Unschuld genommen. Ich gab ihm meine ganze Unerfahrenheit.

Ich war ein weißes Blatt Papier, das er beschrieb. Und jetzt stehen Zeilen geschrieben, die nicht mehr auszuradieren sind.

Ich liebte einen Mann, der mich auf jede erdenkliche Art und Weise enttäuschte.

Seine letzten Worte als ich beschloss zu gehen, waren „Dina, bitte…", begleitet von Tränen, die zum ersten Mal zeigten, was er wirklich fühlte.

Dann schloss ich die Tür von außen und betrat das Treppenhaus in mein Leben, das nun weitergehen musste...

Er machte mir deutlich wie schnell ich alles, was ich liebte verlieren konnte, weil jemand Macht über mich hatte.

Wahrscheinlich hatte ich nie wirklich alles verloren, aber zumindest redete er mir ein, dass er mir alles nehmen würde. Damals wusste ich noch nicht um einen Schatz, den ich nie verlieren würde. Ein fester Bestandteil, der mir wohl auch aus dieser Lage geholfen hätte. Gott.

Ich sollte aber erst durch Negativerlebnisse lernen, dass ich Gott suchen und finden musste.

Es war nur eine kurze Geschichte mit Tony. Ob das nun gut oder schlecht war, keine Ahnung. Aber ausreichend, um Seiten darüber zu füllen, was es in mir angerichtet hatte.

Das durfte einfach nie wieder passieren...

Und nun stand ich hier vor der Schwimmhalle.

Dieses Päckchen Vergangenheit nahm ich also selbst jetzt zum Schwimmen mit...

Am Automaten holte ich mir einen kleinen orangenen Chip, mit dem ich die Schranken in den Barfußbereich passierte. Wie lange ich nicht hier gewesen bin!

Aber ich war mir sicher, dass mir ein paar Bahnen Bewegung gut tun würden.

Die Sonne warf trotz des winterlichen Wetters ihre Strahlen durch die Glasscheiben der Halle und wärmte mir den Rücken, während ich auf der Bank saß und meine Schuhe auszog.

Zwei Mädchen liefen an mir vorüber und kicherten. Ich sah auf und erkannte zwei bildhübsche, junge Damen in meinem Alter.

Wir gingen gleichzeitig in die Gemeinschaftskabine, was mir Unbehagen bereitete.

Ich wäre lieber allein gewesen. Die zwei zogen sich um und ich lies mir mit Absicht viel Zeit, was mir mit skeptischen Blicken gedankt wurde.

am liebsten hätte ich auf der Stelle Kehrt gemacht. Aber ich hatte Gott ein Versprechen gegeben: Ich wollte zufrieden mit mir sein und dankbar dafür wie er mich gemacht hatte. Und er versprach mir im Gegenzug, dass er mir dabei helfe.

Ich spürte wie es mir heiß wurde und ein Gefühl von Übelkeit in mir aufkam. Dann hörte ich nur noch das Rauschen in meinen Ohren.

Schwarze Nebel zogen in die Umkleide und verhüllten die zwei hübschen Mädchen. Nur noch ich war da.

Ganz allein im dichten, schwarzen Schleier. Nichts regte sich.

Aus irgendeinem Grund warf ich einen Blick auf mein Handy und wartete, dass die digitalen Ziffern auf meinem Display sich endlich auf 2.30 Uhr am Nachmittag umstellten. Irgendwie genau der Zeitpunkt, an dem ich nach Hause gehen konnte zu

Jack, nach Ablauf meines Schwimmbad-Chips. Dieser Gefallen wurde mir aber leider erst in ca. 1,5 Stunden getan.

Ich stand also vollkommen orientierungslos in dem Dunkel und wusste genau, was ich zu tun hatte. Warten.

Und so beobachtete ich die schwachen Konturen, die immer wieder durch den dunklen Schleier blitzten.

Ein enger Raum umgab mich.

Je länger ich hier stand, desto näher schienen die unangenehm beige gefliesten Wände zu rücken. Eine Abgrenzung durch wuchtige, schwarze Schränke raubten der Umkleide noch mehr Raum. In der Mitte stand auf einmal ein riesiger Tisch. Dreck sammelte sich auf und unter ihm.

Dreck und Staub aus der Vergangenheit.

Ich nahm wie automatisch den Platz an der Stirnseite des Tisches ein. Das andere Ende des Tisches schien meilenweit entfernt zu sein.

Der Stuhl gegenüber von mir war leer.

Hinter dem Stuhl - das einzige Fenster im Raum. Eine undefinierbare, schwarze Scheibe sperrte alles Tageslicht aus. Nur die blassgelben Lampenrohre fütterten den Raum mit Licht.

Das Licht flackerte durch eine kaputte Glühbirne und tauchte das Zimmer sekündlich in finstere Schatten.

Vor mir auf dem Tisch befand sich längst Verstorbenes: Ein vertrockneter Blumenstrauß.

Bei näherem Betrachten stellte ich fest, dass ich falsch lag: Es hatte nie gelebt. Ein Kunstblumenstrauß.

Sogar die Plastikblumen hatten mittlerweile ihre Köpfe gesenkt. Dicke Staubdecken waren schuld daran.

Trotz dieser gruseligen Atmosphäre lief mir kein Schauer über den Rücken. Es war zu heiß.

Ein unangenehmer, modriger Geruch stieg mir in die Nase.

Ich fühlte mich mehr und mehr schwindelig. Als würde ich mich noch nicht beklemmt genug fühlen, durchfuhr mich in diesem Moment ein gewaltiger Schock als ein Mann buchstäblich in die Umkleide sprang und rief: „Oh Verzeihung!" und den Raum blitzschnell wieder verließ.

Ich atmete auf und befand mich auf dem Boden der Umkleide wieder.

Ich sah mich um und bemerkt, dass der riesige Tisch mit den Kunstblumen, die dunklen Spinte und das Fenster verschwunden waren.

Ich griff mir an meine Stirn. Sie glühte und ein Stechen dahinter verriet mir, dass irgendetwas nicht stimmte.

Das war nicht das erste Mal, das ich nun sogar schon unter Tagträumen litt.

Seltsam wie sehr die Welt manchmal zu verrücken schien. Man sah alles ganz deutlich vor sich, fühlte die veränderte Umgebung und dachte man würde nie wieder zurückkehren können und dann... als wäre nie etwas gewesen: Alles auf Anfang und an Ort und Stelle.

Und jedes Mal war ich es, die allein und einsam diese Momente erleben musste.

Wem konnte ich davon schon erzählen. War ich verrückt geworden?

„Ich kann mir das nicht alles eingebildet haben...", flüsterte ich heißer und wurde von den zwei Mädchen mit angstvollen Blicken bedacht.

Sie schoben sich gegenseitig eilig aus der Umkleide und ließen mich allein zurück.

Zu meiner Erleichterung.

Ich mochte es überhaupt nicht, wenn schönere Mädchen als ich es war mit mir den Raum teilten. Nicht unbedingt aus Neid, sondern viel mehr aus Scham.

Ich wollte nicht, dass irgendjemand meine von Narben verstümmelten Körperstellen sah, die ich so immer versteckt hielt. Narben, die vielleicht nur ich sah, weil sie nicht äußerlich waren.

Aber das angstvolle Stechen redete mir ein, dass jeder die Narben auf meiner Seele sehen konnte.

Ich warf mein Badehandtuch über, steckte meine Haare hoch und zog die Schuhe über.

Als ich die Halle betrat, schenkten mir viele der nahestehenden Besucher merkwürdige Blicke.

 Panisch dachte ich: *Sie sehen es mir an!*

Ich schloss meine Augen für einen Moment, biss mir auf die Unterlippe und atmete tief ein.

Ich setzte einen Fuß nach dem anderen und lief schnell auf das Becken zu.

Abzutauchen in dem nassem Kühl würde meine brennende Haut und pochende Stirn beruhigen. Und so war es auch.

Das klare Wasser umfloss meine Beine, meinen Bauch, meine Brust und Arme, Schultern bis hoch zum Nacken.

Ich fröstelte eine Sekunde, dann tauchte ich ab. Schwerelos ließ ich mich vom Wasser tragen bevor ich wieder auftauchte. Ein Lächeln huschte mir über das Gesicht und der ältere Herr zu meiner Rechten beobachtete mich neugierig. Als ich begann zu schwimmen, sah ich aus dem Augenwinkel, dass er mir hinterher sah und lächelnd den Kopf schüttelte.

Ich war so glücklich!

Es war so eine einfache Sache – nichts großes, aber dennoch zauberte es mir ein zufriedenes Lächeln ins Gesicht.

Auch die zwei Mädchen, die sich auf der Bahn neben mir breit gemacht hatten, schmunzelten mir zu.

Ich konnte es also noch! Ich schaffte es also immer noch, Menschen mit meiner Freude anzustecken. Es war ein tolles Gefühl.

Während ich meine Bahnen schwamm, entstanden mit jedem Zug kleine Wellen vor mir. Ich versuchte, sie einzuholen mit dem Wissen, dass es unmöglich war, die immer wieder durch meine Bewegung neu entstehenden Wellen vor mir einzuholen.

Erst trieb ich dieses Spiel amüsiert und mit einem leisen Lachen. Dann erwachte der Ehrgeiz in mir und ich spielte mit einem Lächeln weiter. Der Kampfgeist, der dann durchdrang verdrängte mein Lächeln zu einer entschlossenen Miene. Als ich merkte, dass ich keine Chance hatte, diesen Kampf zu gewinnen, bekam ich leichte Wut und wünschte mir die kleinen welligen Biester vor mir weg.

Natürlich blieben sie und flohen immer wieder von Neuem vor mir.

Sie erinnerten mich an all die guten und schlechten Dinge in meinem Leben. Wie zum Beispiel Tim. Eines dieser schlechten und guten Dinge. Ich sah ihn in jeder kleinen Welle vor mir und so sehr ich versuchte mit meinen Armen diese Welle hinter mich zu schieben, es entstand eine neue.

Bevor ich wieder drohte, zu tief in Erinnerungen zu schwelgen und womöglich vergaß, dass ich keinen festen Boden unter Füßen hatte, bewegte ich mich auf den Rand zu und hielt für einige Momente inne, um meine plötzlichen Gedanken zu ordnen. (…)

Kapitel 5: Ein vergangenes Versprechen

Meine Mama war… irgendwie… krank… Papa hatte also Recht. Mich fror es bei dem Gedanken, dass sie in ihrem Kopf allein gefangen sein musste. Der anfangs wärmende Strahl der Sonne, der durch das kleine Dachbodenfenster schien, wich nun dem Schatten einer Wolke, die sich ohne Zögern vor die Sonne schob.
Ich hätte vielleicht doch lieber auf Papa hören sollen. Ich hatte Angst weiterzulesen. Aber einmal angefangen, wollte ich meine Mutter nun nicht verletzten, indem ich ihr weiteres Leben buchstäblich ignorierte:

(…) Da hing ich nun am Schwimmbeckenrand und krallte mich mit beiden Händen und Armen fest als würde das Wasser unter mir und mich herum drohen mich jeden Moment zu verschlingen.
Dabei waren es nur wieder meine Erinnerungen, die mir jegliche Kraft aus meinen Gliedern saugten:
Das einzige, was ich schon immer wollte, war eine Familie. Das einzige, wonach ich mich wohl auch noch die verbleibenden Erdenjahre sehnen würde?
Sicher gehörte ich nicht zu den Menschen, die innerhalb der Familie viel auszustehen hatten.

Zumindest konnte ich nie behaupten, dass meine Mutter mich vernachlässigt hatte oder mir der Vater in meinen Kindertagen fehlte.

Da gab es Familien, um die es um einiges schlechter gestellt war.

Aber… irgendetwas ging kaputt in meinem Kopf. Etwas Entscheidendes, das jeder Mensch braucht, um selbstständig zu leben.

Ich verließ mein Elternhaus und versuchte schon in jungen Jahren meine eigene kleine Familie aufzubauen, um alles das nachzuholen, was ich trotz, dass ich es erleben durfte, besser machen wollte: Annahme, Bestätigung, perfekte Gemeinschaft…

Utopische Vorstellungen!

Wo findet man schon Perfektionismus, wenn nicht bei Gott?

Ich erinnerte mich noch wie ich zu Kindeszeiten als junges Mädchen mit meiner Mutter in der Küche stand und ihr bewundernd mitteilte wie sehr ich mich nach einem Leben wie ihrem sehnte: „Mama, du hast es geschafft! Du hast alles für was es sich zu leben lohnt… Familie… du bist verheiratet, hast ein zu Hause…"

Mutter lächelte immer bei diesen Worten, aber sagte nichts.

Ob sie sich dessen bewusst war, was sie da besaß?

Ob sie wirklich dankbar war?

Ich wusste es nicht.

Und somit stolperte ich mit meinem Ideal und dieser Erinnerung im Kopf durch das, was meine Mutter die Notwendigkeit im Leben nannte, um dank ungezählter Erfahrungen auf festem Grund zu stehen.

Aber wenn ich es recht überlegte, dann war ich ständig auf der Suche… Ich bin nie angekommen auf dem festen Grund, den sich meine Mutter so sehr für mich gewünscht hatte.

Ich glaube, wenn meine Mutter eine Entscheidung für mich hätte treffen dürfen, dann wäre sie auf die Verheiratung mit einem ganz bestimmten Mann gefallen: Tim…

Der Mann, der in meiner Geschichte immer und immer wieder auftauchte, begleitete mich eine ganze Weile vor Jack und meiner Zeit.

Und er war derjenige, der mich verstanden hatte. Es gab nichts an ihm, das ich hätte als *schlecht* bezeichnen können.

Vielleicht…, wenn da etwas war, dann war das *ungesund*. Vereinnahmend. Gefährlich erstickend durch liebevolle Gefühle.

Aber es war eine gute und auch lange Zeit. Kein Leben lang wie ich es mir wünschte, aber dennoch ein wertvoller Abschnitt in meinem Leben.

Ich erinnerte mich wie ich ihm mit Schmetterlingen im Bauch schrieb einen endlos langen Brief schrieb.

Wir liebten beide die Poesie… sprechende Bilder und alles was Ästhetik in sich barg!
Ich wusste, dass ich ihn mit diesem Brief für mich gewänne:

„Tim, wenn du das hier liest, dann wirst du verstehen, was ich dir sagen will…
Die Satzzeichen lasse ich aus.
Ohne sie ist es schwer, zwischen den Zeilen zu lesen.
Ich bin mir eben noch nicht sicher, welchen Unterton ich den Worten an dieser Stelle verleihen möchte.
Denn jetzt da ich versuche, Worte zu finden, denke ich bei jedem Satz mehrmals nach, ob und wie ich es schreiben kann. Eigentlich untypisch für mich.
Das liegt wohl an dem Kontext, der meine Worte in eine viel größere Geschichte einbettet.
In diesem kleinen Ausschnitt eines Kapitels in dem umfangreichen Buch, dessen Titel ein Name ist, versuche ich nun also selbst Worte zu finden, um diese große Geschichte zu begreifen. Ich versuche mir selbst und auch einigen Protagonisten den Kontext zu erklären, in dem wir uns befinden. Nur leider muss ich dies ohne Satzzeichen tun.
Wenn ich an dieser Stelle der Geschichte dir schreibe, was du mir bist, dann lies die Worte

ohne Hinweis auf meine Intension. Lies sie so wie du fühlst. Vielleicht möchte ich dir noch nicht das Ende von dieser viel größeren Geschichte verraten. Oder vielleicht (und das ist wahrscheinlicher) kann ich das Ende selbst noch nicht absehen. Eine Geschichte schreibt sich fortlaufend selbst. Wie lang sie werden wird, ist nicht zu sagen.

Natürlich gibt es immer ein mögliches Ende. Vorhersehbar ist dieses, wie gesagt, jedoch nicht.

Andererseits gibt es auch einen Punkt zu einer Zeit, da hält eine Geschichte vielleicht inne. Das Buch weiß nicht so recht wie seine Geschichte weitergehen soll.

Wenn nicht unzählige dann doch unzählbare Kapitel sind schon geschrieben.

Es stellt sich die Frage, ob es vielleicht schon das Ende der Geschichte ist. Aber kann man ein Ende wirklich dann setzen, wenn eine Geschichte vielleicht nur für einen Moment die Luft anhält?

Ja, es ist wohl mehr ein Luft-Anhalten als ein wirkliches Ende. Wie lange dieses Innehalten andauert, kommt ganz darauf an, wann der richtige Moment zum Ausatmen kommt.

Wenn die Geschichte jedoch allzu lange nicht ausatmen kann, erstickt sie irgendwann.

Das wäre dann wohl das Ende der Geschichte.

Stell dir ein Buch vor, das ganz weit oben in einem Regal steht. Es steht dort, nicht etwa weil es sich für etwas Besseres hält, sondern ganz einfach, weil es sich dort sicher sein kann, nicht von jedem Vorbeilaufenden in die Hand genommen zu werden, nachdem du der einzige warst, der es richtig in den Händen hielt.

Sicherlich ist es auch eine gewisse Portion Stolz, die das Buch entscheiden lässt, wer es wirklich wert ist, es jetzt, da du weg bist, halten geschweige denn lesen zu dürfen und wer nicht. Aber viel mehr ist es neuerdings Misstrauen vor scheinbaren Interessenten, die vorgaukeln euphorische Leser zu sein.

Wer das Buch einmal aus der Nähe betrachten will, muss sich nun erst einmal etwas einfallen lassen wie er dort oben rankommt, denn keiner wird es so schaffen und so entdecken wie du es getan hast.

Wenn die Lösung dann gefunden ist, löst man es ganz vorsichtig von seinem Platz, damit es nicht gewaltsam aus seinem Umfeld entrissen wird.

Hält man es in den Händen, darf man den Umschlag auch genauer ansehen.

Der Neugierige, der das Buch nun beschaut muss sich erst noch für den Titel interessieren ehe er zum Leser werden kann. Wenn Titel und Aufmachung des Buches zusagen, dann schlägt man es auf und wirft einen behutsamen Blick auf die ersten Seiten.

Das Buch wird anfangs nicht wirklich viel von seinem Inhalt preisgeben. Immerhin ist der Inhalt - die Geschichte, das Kostbarste, was es zu bieten hat und war eigentlich für dich geschrieben. Damit möchte es nicht verschwenderisch umgehen.

Außerdem… kenne der fremde Leser gleich zu Beginn Schwächen und Stärken der Geschichte, wäre das Buch all zu leicht zu durchschauen und würde viel Angriffsfläche bieten. Es möchte komplex bleiben.

Nicht leicht zu verstehen, aber dennoch liebenswert und interessant.

Immerhin ist es nicht bloß irgendein Groschenroman!

Nun beginnt der noch fremde Leser in dem Buch zu stöbern nach Anhaltspunkten, die er mag und ihn zum Weiterlesen motivieren. Vorsicht sollte man dennoch walten lassen:

Die Geschichte könnte am Anfang irritierend, unverständlich oder sogar abschreckend wirken!

Zu sehr sind die Spuren des vorangegangen Lesers zu sehen. Immer wieder werden dem fremden Leser Stellen im Buch begegnen, die eindeutig machen, dass dieses Buch niemals vollkommen ihm gehören wird.

Er wird immer seltener den Mut aufbringen weiterzulesen und Geduld haben vielleicht die eine oder andere Unklarheit im weiteren Text zu lösen, weil es ganz einfach geschriebene Worte und zwischen den Zeilen befindliche Worte sind, die nur das Buch und sein Vorbesitzer verstehen. Vergangene Momente der Rührung und des Lachens.

Das Buch möchte bewegen und gemeinsam mit dem Leser fühlen.

Aber die einstigen Momente sind nicht nachvollziehbar für den Fremden.

Nur du konntest über den Titel hinaus lesen und auch das Buch hatte keine Angst, sich in deine anfangs fremden Hände zu begeben.

Es gibt keine allgemeingültige Regel, ob Buch und Leser zusammenpassen. Für das Buch gilt einfach, dass es einfach fühlen muss, ob die Hände, die es halten es gut meinen oder ob die Augen, die es lesen ehrlich wirken. Aber die Vertrauensbasis war so nur bei dir geschaffen und du konntest schnell zwischen den Zeilen lesen. Mit jedem Wort und jedem Satz verstandest du die Geschichte besser. Und schon ist die Entscheidung getroffen: Der Fremde sollte das Buch einfach wieder an seinen Platz zurückstellen, sodass es keinen Schaden nimmt oder irgendwie entwertet wird durch unachtsamen Umgang.

Das Buch entscheidet, verschlossen zu bleiben.

Wenn du es nicht wiedernimmst, bleibt es dieses Mal ein Buch mit sieben Siegeln wie man so schön sagt.

Solange bis du, als Leser, und das Buch, die gemeinsame Geschichte weiterschreiben. Eine alte, neue Geschichte, in der der Leser nun mit neuer Motivation liest und dieses Mal im Buch Lieblingsstellen markieren, Randnotizen oder auch mal ein Eselsohr machen darf.

Du bist nicht bloß der Leser des Buches. DU bist der Besitzer deines vielleicht Lieblingsbuches. Wenn du das Buch dann auch noch überall mit hinschleppst und mit durch dein Leben schleifst, kann es schon mal passieren, dass es ein paar Kaffeeflecken oder sogar Schrammen abbekommt. Aber das ist nicht schlimm…

Mit jedem Bedauern über einen neuen kleineren Kratzer wächst der Zusammenhalt und es wird unverkennbar, dass das Buch zu dir gehört!

Das Buch ist besonders. Es ist ein Einzelstück. Wie du es auch für mich bist.

Kennst du das Buch nun?

Lies noch einmal zwischen den Zeilen.

Ja, ich denke du kennst es.

Das Buch bin ich.

Wenn du dich erinnerst, dass es deines ist, hol es wieder hervor aus dem obersten Regal deines Schrankes, nachdem du es auf gegenseitiges Einverständnis dort abgelegt hast, um nun die vertraute Geschichte wieder lebendig zu machen.

Steck mich wieder in deine Tasche und schleif mich durch dein Leben!"

Ja, ich gewann Tim mit diesen Worten für mich. Besser gesagt *wieder* für mich.

Und ich schien der glücklichste Mensch der Welt zu sein. Zumindest in diesem Moment.

Aber ich hätte es besser wissen müssen. Es gab einen Grund, warum es bereits damals keinen gemeinsamen Weg für uns gab.

Aber wie die Schmerzen bei einer Geburt vergisst man eben auch schnell schlechte Erfahrungen, wann man sich an die Freuden eines Wunders erinnert.

Aber nach diesem Brief gab es nur noch ihn und mich.

Weil er verstand. Weil wir die gleiche Sprache im Herzen trugen.

Aber er war sehr traurig. Sehr besorgt und ängstlich.

Er konnte mir nie die Stärke geben, die ich von einem Mann an meiner Seite brauchte.

Da begann ich mein Herz einem anderen zu schenken.

Jemandem der mir Sicherheit versprach.

Ich trug nun nicht mehr nur Tim in mir…

Ein großer entscheidender Platz gehörte seither Gott.

Erst mit Tim an meiner Seite spürte ich, was es

hieß, ein Leben mit Gott zu führen.

Nicht mehr länger Tim war Mittelpunkt meines Lebens…

Seine Eifersucht war herzzerreisend. Unbewusst versuchte er, ihn mir wegzunehmen.

Aber was hätte ich noch gehabt, wenn ich nicht mal mehr Gott hätte? Nichts… Das verstand ich seither.

Diese Beziehung war wieder einmal zum Scheitern verurteilt. Selbst nach einer fixen Idee der Hochzeit, die nie umgesetzt wurde, war nichts zu retten.

Es ist schon seltsam, dass das Herz einen so sehnsüchtig in eine Richtung treiben kann und dann…? Ich war so rastlos in mir. Tim hätte diese Unruhe nie stillen können.

So lange war ich auf der Suche nach jemandem, der den Sturm in mir legen konnte. Und ich fand ihn in Gott.

Mit einem tiefen Seufzen und einem traurigen Kopfschütteln löste ich mich vom Schwimmbeckenrand und murmelte: „Es tut mir leid, Tim…", wobei ich mich an das vorangegangene Telefonat erinnerte.

Um der nächsten Ablenkung entgegen zu jagen, eilte ich wie angestochen auf den Ausgang zu.

Mich zog es nun an einen bestimmten Ort, den ich schon seit Jahren nicht besucht hatte.

Ein weiteres Kapitel einer neuen Geschichte (…)

Kapitel 6: Königskinder

Das musste der Ort gewesen sein, an den Papa immer wieder hinauffuhr, wenn ihm hier die Decke auf den Kopf fiel!

Ich freute mich bei dem Gedanken daran, dass dies etwas war, das mit einer Erinnerung an Mama zu tun hatte, was Papa Freude bereitete.

Er nahm dann immer unsere Hundedame Lea mit, die vor Freude kaum zu bremsen war, wenn sie mit ihrer Schnauze schon den Fahrtwind spürte und gespannt mit dem Schwanz wedelte, wenn sie sich instinktiv der großen Felsebene, den Wiesen und dem dichten Wald erinnerte.

Was für ein Hundeabenteuer, bei dem es so viel zu entdecken gab!

Ich selbst war noch nie an diesem Ort.

Aber er erzählte mir eine Geschichte von einem jungen Mädchen, das dann und wann immer wieder dort auftauchte und ihr reines, aufrichtiges Herz dem großen Vater im Himmel entgegenstreckte.

Ich liebte diese Geschichte und wollte genau so sein wie dieses Mädchen!

Allein schon deshalb, weil Papas Augen immer wieder funkelten, wenn er sie beschrieb. Ich hätte schwören können, dass etwas Verliebtes in seiner Stimme mitschwang, wenn er mir die Geschichte mit jedem Detail vor dem Schlafengehen, beim Frühstück, beim Picknicken, vor dem Feuer… erzählte.

Mit einem Lächeln auf den Lippen las ich weiter. Jede weitere Zeile dieses Kapitels offenbarte mir das Unfassbare:

(…) Nach einem langen Fußmarsch und vielen Minuten später nachdem ich das Schwimmbad verlassen hatte, erreichte ich mein Ziel: Hier war ich also wieder. Der Ort, an dem ich zum ersten Mal zaghaft zu meinem Papa im Himmel sprach. Gott.

Ich kehrte früher immer wieder mal hier her, weil ich mich hier sicher und geborgen fühlte.

Vor allem nachdem ich die Bindung zu Tim gebrochen hatte, suchte ich immer mehr die Einsamkeit hin zur Zweisamkeit mit Gott

Und so weit oben über allen Dingen konnte ich Gottes Gegenwart beinahe greifen.

Vielleicht waren es auch ein Stück Angst und Scham vor dem Unverständnis meiner Mitmenschen, die mein Vertrauen Gott gegenüber als Hirngespinst abtaten.

Aber ganz egal wie. Ich war glücklich und mein fester Glaube wurde mir belohnt durch ein Wunder.

Ich kann eine Geschichte erzählen, was so wohl noch kein Mensch erleben durfte:

„Wenn man es doch nur endlich begreifen würde…

Wenn sie es doch nur endlich sehen würden!

Dieses Unverständnis lässt sogar in mir das Bedürfnis zum Begreifen wachsen!

Das Begreifen, warum es so schwer zu verstehen ist!

Ihr hungert nach Erklärungen, wo die Antwort schon längst in Großbuchstaben vor euch, ja sogar hinter, neben, über, unter und in euch steht!

Sie stand schon da, lange bevor ihr überhaupt nach ihr gefragt habt!

Lasst doch diese Zweifel endlich sein: Wir sind es nun mal! Warum ist es so schwierig, seinen Königsstatus anzuerkennen oder überhaupt erst einmal zu ERkennen?", murmelte ich aufgebracht vor mich hin, als ich den kleinen Kieselstein weit über den Rand der Klippe hinaus warf, den ich nun schon seit gut einer Stunde in der Hand hielt.

So fest ich ihn auch hielt, so laut ich zu ihm auch gesprochen hatte, er wollte seine Form einfach nicht verändern.

Nun flog er weit über den Rand hinaus und bewegte sich schnell in einem hohen Bogen auf den Abgrund zu.

Ich beobachtete ihn noch ein paar Sekunden.

Nun da ich ihn fallen sah, wusste und spürte ich zugleich, dass auch die Wärme schwinden würde, die ich ihm gab als ich ihn sicher in meinen Händen hielt.

‚So ergeht es den Menschen, die es einfach nicht einsehen wollen. Irgendwann fallen auch sie und spüren die Kälte, der sie schutzlos ausgeliefert sind, wenn sie langsam durch alle Poren in jeden Winkel ihres Körpers kriecht.

Aber helfen lassen, wollen sich die Menschen auch dann noch lange nicht.', dachte ich und sah dem Stein traurig hinterher.

„Es bleibt nichts anderes, als sie fallen zu sehen…".

Ich seufzte und wandte meinen Blick weg vom Abgrund, hoch zum wolkenbedecktem Himmel.

Als ich das langsame Dahinziehen der Wolken beobachtete, die dank der Sonne vor dem kontrastreichen Blau des Himmels leuchteten, überkam mich plötzlich ein erneuter Impuls von motivierter, euphorischer Überzeugungsarbeit und durchbrach meine Resignation.

Mit ausgebreiteten Armen, lauter Stimme und einem Lächeln im Gesicht rief ich der weiten Landschaft entgegen: „Wisst ihr denn nicht, dass wir alle Königskinder sind??".

Für einen Moment schloss ich die Augen.

Die Wolkendecke über mir brach ein bisschen auf und eins, zwei mehr Sonnenstrahlen bahnten sich ihren Weg zum Erdboden.

„Weißt *du* es denn, mein Kind?".

Ich hielt meine Augen noch einen Moment geschlossen und lauschte der Stimme meines Vaters.

Mein Lächeln siegte dahin und mein Vater blieb stumm

Nun wandte ich mein Wort an ihn: „Ach, Papa, wieso fragst du mich das? Du kennst doch meine Gedanken...".

Eine Reaktion blieb mir auch jetzt verwehrt.

Ich fuhr fort: „...wie wohlgesonnen die Menschen einander wären, wenn sie es doch nur versuchten zu verstehen!

Ja, auch mein ständiges Flehen und Bitten würde sich bloß noch auf ein Minimum reduzieren und sich nicht immer um allgemeingültige Dinge drehen.

Papa, ich könnte so viel mehr Energie in andere Dinge stecken, die zur Vertiefung und Weiterentwicklung beitragen würden... Dinge, die dich stolz machten!!

Der Rest würde funktionieren, weil sich die Menschen gegenseitig den Weg freiräumten und sich zum Glück verhelfen würden.".

Die Utopie meiner Vorstellungen schlug einige Krater und Risse in mein Fundament der Hoffnungen und machte Platz für das Unkraut der Aussichtslosigkeit, das egal wie oft man es beseitigte, nach einer Weile immer wiederkehren würde. Betrübt senkte ich Arme und Kopf.

Trotz der Verwirrung und Mutlosigkeit, die mich mit einem Mal überkam, sah ich meinen Weg ganz klar vor mir: Drei Schritte nach vorn und mit ausgebreiteten Armen und einem befreiendem Sprung geradewegs über dir Klippe hinaus! …doch ich tat das Gegenteil: Drei Schritte zurück, die zaghaft ins Ungewisse traten, da ich den Blick nicht gleichzeitig über meine Schulter nach hinten warf.

„Was tust du da?", ertönte die Stimme meines Vaters.

Ich erschrak und wagte es nicht den begonnenen vierten Schritt auszuführen.

Um die Scham, die mir wegen meiner Feigheit in Gliedern, Knochen und im Herzen saß noch bildlich zu untermalen, hielt ich an und scharrte stattdessen mit dem einen Fuß, der gerade noch dabei war, mich weiter vom Rand der Klippe wegzutragen, auf dem Erdboden herum.

„Papa, ich weiß, was du von mir verlangst…", begann ich und fühlte die Erklärungsnot, die wie zwei große Fragezeichen und ein Ausrufezeichen schwer über meinem Kopf hingen.

„…aber ich komme mir so klein vor.".

Ich schniefte einmal und wischte mir die einzelne Träne von der Wange, die sich gerade aus dem Staub machen wollte. Mit erhobenem Blick fuhr ich fort: „Ich fühle mich wie jemand, der einer Aufgabe in der Schule nicht gewachsen ist und TROTZDEM vor an die Tafel muss.

Der Lehrer steht erwartungsvoll lächelnd an der Seite und sagt auch noch zu allem Übel: ‚So, nun zeig allen mal, wie man es macht!'".

Ich schüttelte den Kopf.

„…wenn ich alles richtig machen soll und fehlerlos vor dir stehen soll, Papa, dann bin vor allem ich jemand, der mit jedem Schritt und jeder Handbewegung auf deine Hilfe angewiesen ist.

Du würdest es sicher schnell bereuen, dich für mich entschieden zu haben!".

Als Antwort bekam ich nur ein leises, liebevolles Lachen. Etwas enttäuscht darüber auf erklärende Worte verzichten zu müssen, zuckte ich bloß mit den Schultern.

Vater schien schon wieder einen neuen Plan zu haben, den er mir wie immer nicht verraten wollte.

So oft spielten wir das gleiche Spiel: Mit einem wissenden Lachen überließ er mich jedes Mal meinen albernen Zweifeln und entkräftete sie damit gleichzeitig.

‚Man sollte meinen, dass ich nach all den Jahren

gelernt hätte, meinem Vater alles zu überlassen, weil er am Ende wirklich immer richtig liegt…', dachte ich.

‚Immer wieder lasse ich mich von Irritationen und pessimistischen Gefühlen einnehmen, die mir letztlich das Bein stellen, ich stolper und wenn es ganz dumm läuft, falle ich hin.'.

Aus Trotz verschränkte ich nun noch meine Arme und blickte mit gerunzelter Stirn nicht länger nach oben und in die Weite, sondern nach unten.

Bevor mein Herz vollkommen verstocken konnte, seufzte ich und löste meine Arme um ein ratloses Schulterzucken anzudeuten.

‚Aber was soll man machen? Am Ende bin ich ja doch nur ein Mensch, der nicht perfekt ist…'.

Kaum, dass ich diesen Gedanken zu Ende geführt hatte, leuchtete mir ein, warum mein Vater auf meine eigentlich todernst gemeinten Zweifel so amüsiert reagierte: „Ja! Du hast Recht, Papa… Du möchtest ja gar nicht, dass ich der Perfektionismus in Person bin, sondern dass ich Fehler mache, um zu lernen!".

Zufrieden und wieder mit einem neugewonnenem Lächeln auf dem Gesicht setzte ich mich im Schneidersitz an Ort und Stelle auf den warmen Erdboden.

„Nun da das Wie mir einleuchtet, müssen wir nur noch das Was klären…

Kannst du mir einen weiteren Tipp geben?", fragte ich während ich mein Gesicht der Sonne entgegenstreckte und für ein paar Sekunden das Kitzeln der Sonnenstrahlen auf meiner Haut genoss.

Welch ein glücklicher Tag, den die Sonne mit ihrem Strahlen und ihrer Wärme füllte!

Meine Augen folgten den unsichtbaren Sonnenstrahlen vom Himmel bis zum Boden, wo sie ihre Spuren hinterließen: Auf jedem Fleckchen Boden, in jedem Winkel und jeder Ecke glitzerten die kleinen Erdklümpchen.

Auch hier, wo ich saß, schimmerten mir Steinchen im Lichte der Sonne entgegen und die Erdklümpchen trugen kleine Kronen aus saftig grünen Grashalmen.

„Wie schön...", stellte ich verträumt fest.

So sehr mich die vielen Details in meiner näheren Umgebung auch fesselten, beim Heben meines Blickes zog mich sogleich das Bild der Ferne in seinen Bann und forderte nun meine ungeteilte Aufmerksamkeit: Unendliche Weite!

Das Kuriose war, dass das Interessanteste an diesem Anblick die Ferne selbst schien.

Die Ferne ganz dort hinten versprach noch mehr Weite! Kombiniert mit dem Schauspiel von Licht und Schatten war dieser Anblick eine unsagbare Herrlichkeit.

Ja, ein Gaumenschmaus, eine Melodie, ein Balsam, ein rosiger Duft für das Auge!

Ganz und gar hypnotisiert von den ungezählten Eindrücken sog ich von Sekunde zu Sekunde mehr von dieser mich umgebenden, unendlichen Schönheit auf.

„…Weite… Unendlichkeit... Herrlichkeit…!", murmelte ich vor mich hin.

Ein kleiner Anstupser in meinem Inneren rüttelte mich wieder wach und brachte etwas in Bewegung: „…das ist es…! GENAU DAS ist es! DAS sollen alle sehen! DAS sollen auch die anderen fühlen!".

Ich sprang auf und lief in kleinen Abständen euphorisch von links nach rechts und wieder zurück.

Ich war der Lösung des Rätsels unglaublich nahe. Schritt für Schritt legte ich mir einen neuen Plan zurecht: „Und jetzt, da das Wie und das Was geklärt sind, kommt Schritt Nummer drei: Auf die Menschen zugehen und sie von ihrer Täuschung und dem Irrglauben überzeugen!".

Ich spürte regelrecht, wie diese Worte meinen Vater abermals zum Schmunzeln brachten.

Er machte keinen Hehl daraus, den bisher letzten Schritt meines Plans, mit der höchsten Stufe der Ironie gleichzusetzen und überspitzte die neuentstandene Fragwürdigkeit gleich noch, indem er mich seine Gedanken vermuten ließ: „Am besten hältst du ihnen gleich noch ihre Fehler und

Schwächen vor, dann werden sie dir sicher bis zum Ende dieses begonnenen Satzes zuhören und sich zu guter Letzt auf der Stelle ändern!".

Ich seufzte, hielt an und stemmte die Arme in meine Hüfte.

„Das kann doch nicht so schwer sein!", schimpfte ich diesmal wieder an Vater gewandt.

„Kann man es denn nicht wenigstens auf einen Versuch ankommen lassen?

Sie verlieren ja noch nicht einmal etwas dabei! Im Gegenteil sollte dieses Angebot doch einladend sein…?!".

Dass mein Vater kein erklärendes Wort sprach, machte mir nicht wirklich mehr Hoffnung. Ich seufzte abermals und hockte mich wieder auf den Erdboden.

Gerade an dieser Stelle fiel mir ein Gänseblümchen zu meinen Füßen ins Auge, das seine Blüte voller Pracht entfaltet hatte. Es schien schon lange zu blühen, denn die kleinen gelben Samen in seiner Mitte waren lose.

Ein stärkerer Luftzug bestätigte dies nun und trug die Samen ein paar Meter bis sie sich wieder auf dem Boden legten.

Ich folgte bis zu der Stelle an der diese unscheinbaren Samen lagen.

‚Wie trügerisch diese Unscheinbarkeit doch ist!', dachte ich.

„Zu Hunderten liegt ihr hier. So winzig, dass man euch wohlmöglich übersieht, doch wenn ihr keimt und heranwachst zu Blumen, dann bemerkt euch jedes Auge, das Schönheit liebt oder wenigstens nicht ganz ignorant durch diese Welt geht!".

Beim genaueren Betrachten sah ich, dass wohl nicht allen Samen eine lange Überlebensdauer oder überhaupt ein Fruchten vergönnt war.

Und da fiel es mir wieder ein und innerlich dankte ich Vater für die Erinnerung:

„Ein Bauer ging aufs Feld, um zu säen. Als er die Körner ausstreute, fiel ein Teil von ihnen auf den Weg. Da kamen die Vögel und pickten sie auf. Andere Körner fielen auf felsigen Grund, der nur mit einer dünnen Erdschicht bedeckt war. Sie gingen rasch auf, weil sie sich nicht in der Erde verwurzeln konnten; aber als die Sonne hochstieg, vertrockneten die jungen Pflanzen, und weil sie keine Wurzeln hatten, verdorrten sie.

Wieder andere Körner fielen in Dorngestrüpp, das bald die Pflanzen überwucherte und erstickte, sodass sie keine Frucht brachten.

Andere Körner schließlich fielen auf guten Boden; sie gingen auf, wuchsen und brachten Frucht. Manche brachten dreißig Körner, andere sechzig, wieder andere hundert.“

Ich lächelte.

Schritt drei war die Aussaat.

Wahllos und guten Mutes. Weniger leistungs- und gewinnorientiert. Ich dachte an den Kieselstein, der sicher schon am anderen, unteren Ende der Klippe lag: ‚Auch wenn ich noch so sehr wollte, er hätte seine Form nicht geändert. Es liegt gar nicht an mir, die Menschen zu ändern. Ich kann ihnen lediglich ein Licht sein, das ihnen in der Finsternis den Weg erhellt.‘.

Mein Vater freute sich über meine Erkenntnis.

Er umarmte mich spürbar und flüsterte mir liebevoll zu: „Na los. Ich bin bei dir!“.

Voller Motivation erhob ich mich, nahm einen tiefen Atemzug und fühlte die Kraft durch meinen Körper strömen.

Einen Schritt nach dem anderen setzte ich und näherte mich ohne Zögern dem Rand der Klippe. Dort angekommen, blickte ich voller Faszination nach unten.

‚Wow…ganz schön tief nach unten geht es hier…!‘.

Zu der neugewonnenen Motivation gesellte sich nun doch noch ein etwas mulmiges Gefühl.

Es forderte die Motivation zu einem Kampf heraus und machte meinen Magen zu einem Schlachtfeld. Etwas umnebelt hob ich meinen Blick wieder. Da war sie nun wieder. Die Unsicherheit. Und das fehlende Vertrauen.

Eisige, unsichtbare Klauen griffen nach meinen Oberarmen, richteten mich nun endgültig auf und wogen mich in trügerischer Sicherheit.

Ich atmete erleichtert aus, da ich mit Schrecken feststellte, dass ich um ein Haar in diesen ungewissen Abgrund gestürzt wäre. Ich dankte den eisig rauen Händen, dass sie mich vor einem Absturz bewahrt hatten.

Gleichzeitig fühlte ich Beklemmung in mir, die mir die Luft abzuschnüren drohte. Ich war ganz verwirrt und hatte von einer Sekunde auf die nächste vergessen, warum ich denn überhaupt so wahnsinnig war und die Klippe hinunterstürzen wollte!

„Viel sicherer ist es doch, dich mit dem zu genügen, was du unverständlicherweise hinter dir gelassen hast und was die Geborgenheit und vertraute Gewohnheit verspricht, nicht wahr…?", fragte mich der Schatten, der plötzlich zu meiner Linken auftauchte und seine Hände von mir löste. Er war also mein Retter!

Aber es war ein Schatten… Vielleicht sogar einfach nur mein Schatten. Ich war verwirrt.

„Ja… ich fürchte du hast Recht…", antwortete ich ihm.

Der Schemen lachte.

Etwas Gehässiges und Verheißendes lag in seiner Stimme.

Ich runzelte die Stirn und schielte, ohne meinen

Kopf zu drehen, in seine Richtung.

Er hatte die Hände vor der Brust gefaltet und blickte in den Himmel. Das konnte unmöglich mein Schatten sein!

Obwohl einige andere, vertraute Umrisse in dem Schatten etwas anderes sagten…

Ein Funke von Triumph blitzte in seinen Augen.

Der Schemen trat einen Schritt näher an mich heran, legte wieder eine seiner kalten Klauen um mich und flüsterte mir ins Ohr: „Komm lass uns gehen! Du hast eigentlich gar keine Zeit für solche Abenteuer.".

Ich nickte still.

Mein Vater sah mich traurig an.

Die Sonne war längst hinter dicken Wolken verschwunden und es lag keinerlei Wärme mehr in der Luft.

Als ich im Begriff war, mich von dem Schatten und seiner trügerischen Sicherheit fortführen zu lassen, konnte ich dem betrübten Anblick meines Vaters nicht mehr entgegensehen und wandte meinen Blick ab von ihm.

Ich fror.

In der Nähe des Schattens fühlte ich mich von Sekunde zu Sekunde unwohler. Aber er war der einzige, den ich jetzt noch hatte…

Schlimmer war es ihn anzusehen. Er machte mir Angst.

Ich wandte meinen Blick von ihm ab und verspürte mit einem Mal das dringende Bedürfnis umzukehren.

Aber wohin?

Ich hatte alles vergessen.

Ich wollte nur noch nach Hause ohne zu wissen, wo „zu Hause" eigentlich war…

Wir liefen ewig so weiter. Ohne ein weiteres Wort zu wechseln, liefen wir immer weiter weg von der Klippe.

Selbst wenn ich gewollt hätte, wäre ich nicht in der Lage gewesen zu sprechen, denn die Dialoge, die ich hinter meiner Stirn mit mir selbst führte, erforderten meine ganze Aufmerksamkeit und Kraft.

Zweifel und Sorgen machten mir Kopfschmerzen. Ich bekam schlechte Laune und sah mich kurz um, damit ich irgendeinen Hinweis bekam, wo die Wanderung überhaupt hinführen sollte!

Bevor ich noch völlig den Weitblick verlieren konnte, erblickte ich plötzlich einen jungen Mann, der seines Weges kam mit einem Lächeln auf den Lippen.

Mein erstes Empfinden war: „Was soll das!"

Ich fühlte mich gestört von seinem Auftreten. Ich hatte gerade andere Probleme und wollte mich nicht ablenken lassen.

Aber da war noch etwas anderes…

67

Völlig eingenommen von seinem Anblick verwandelte sich mein Unmut nun allmählich in Faszination über seine Leichtigkeit.

Er pflückte Blumen vom Wegesrand.

Mit seiner Lebensfreude stand er im ganzen Kontrast zu diesem boshaften Schemen zu meiner Rechten.

Ich hielt an und beobachtete diesen Mann weiter.

Er war wunderschön. Etwas Vertrautes umgab ihn.

Auch wenn ich ihn nicht kannte so fühlte ich mich auf Anhieb zu ihm hingezogen.

Sein Blick streifte meinen und er zwinkerte mir zu.

Ich spürte wie ich verlegen zu Boden schaute. Ich musste ein furchtbares Bild abgeben mit meinem unheimlichen Begleiter.

Doch der junge Mann schien dies ohne Bewertung hinzunehmen und rief mir zu, ich solle doch mitkommen.

Aber wohin?

Ich war wie angewurzelt. Als ich nicht dergleichen tat, zuckte er etwas enttäuscht mit den Schultern und lief in Richtung… Klippe!

Mit aller Macht und der ganzen verbliebenen Kraft in mir schaffte ich es mich aus meiner Starre zu lösen und folgte ihm schleichend, aber entschlossen bis wir wieder nach einer gefühlten Ewigkeit am Ausgangspunkt waren.

Dieser bezaubernde Mann stand ein paar Meter

entfernt von dem Rand der Klippe mit erhobenem Kopf da und murmelte: „Danke, Vater.".

Es lag etwas Warmes und Ehrliches in seiner Stimme.

Wie fröhlich mich sein Anblick auf einmal stimmte. Ich beobachtete ihn noch eine ganze Weile und bewunderte sein ganzes Auftreten. Voller Hingabe lebte er diesen Moment.

Ich hatte sogar meinen unheimlichen Begleiter vergessen, der mittlerweile ohne jede Spur verschwunden war.

Der Fremde hielt den Strauß Blumen nach oben gestreckt und lief ohne zu zögern langsam aber zielstrebig über den Rand der Klippe hinaus!

Ich traute meinen Augen kaum!

Grau-schwarze Klauen, die ihn zu fassen versuchten, kurz bevor er den Abgrund hinunterstürzte, griffen ins Leere.

Auch mein erschrockenes „NEIN! NICHT!" konnten den Jungen nicht mehr aufhalten. Er stürzte ohne auch nur einen winzigen Angstschrei von sich zu geben in die Tiefe.

Entsetzt folgten meine Augen seinem Körper. Ich zitterte.

Als ich ihn nicht mehr sehen konnte, rief ich entsetzt aus: „Was war DAS denn?! Ist er völlig von Sinnen?!".

Die Stille um mich herum wurde immer lauter.

„Das ist doch Wahnsinn!", sagte ich verzweifelt als mich die Hilflosigkeit zu übermannen drohte.

„Wahnsinn und Vernunft liegen manchmal sehr nah beieinander.".

Das waren meines Vaters Worte.

Wahnsinn und Vernunft. Auf einer Ebene. Ich starrte vor mich hin. Simple Worte.

Nun stand ich vollkommen regungslos an der Klippe.

Vor einem Moment wäre ich beinahe in meiner Verzweiflung hinterher gesprungen, um einen äußerst sinnlosen Versuch zu starten, den schönen Fremden zu retten.

„Wage es nicht deinen Weg aus den falschen Gründen zu beschreiten!", sagte mein Vater zur Bestätigung.

Ich war nun vollkommen verwirrt. Nur eine leise Gewissheit erfüllte mich, dass es dem Mann gut ging.

Aber wie konnte das möglich sein? Und was sollte heißen „den Weg nicht aus falschen Gründen beschreiten"?

Ich setzte mich abermals auf den Boden. Diesmal aber direkt an den Rand der Klippe und ließ meine Beine im Freien baumeln. Diesmal sollte es das letzte stille Nachdenken sein. Tränen standen mir in den Augen.

Das war einfach zu viel. Alles das, was hier momentan passierte und auch geschehen war, füllte mein Innerstes bis zum Rand und mein Kopf drohte zu zerbersten!

Ich war wütend. Mit lauter, zornerfüllter Stimme schrie ich: „Was soll das denn?? Ist das dein Ernst? Du hast mir versprochen, dass du mir hilfst! Soll es mir etwa so besser gehen? Ich verstehe es nicht!".

Ich hatte die Nase voll. Ich wollte bloß noch alles hinter mir lassen und keinen Groll und Zorn mehr spüren.

„Vater, ich möchte endlich frei sein!", sagte ich aufgebracht.

Wenn ich an Zauberei geglaubt hätte, würde ich euch nun schreiben, dass etwas Magisches vorgegangen war in diesen Momenten. Doch es war in Wirklichkeit etwas viel Wundervolleres.

Die Wolkendecke öffnete sich und ließ die Sonne wieder hindurch. Plötzlich hörte ich meinen Vater so deutlich wie nie zuvor: „Dann sollst du frei sein."

Er hob mich vom Boden auf, stellte mich aufrecht hin, ganz nah an der Klippe, schloss meine Augen und richtete mein Gesicht gen Himmel. Meine Arme breitete er aus und ließ mich ganz tief atmen. Mein Kopf war leer.

Ein Frieden und innere Ruhe ergriffen mich. Da war nichts mehr außer mir und IHM.

Er nahm meine Hand und führte mich über die Klippe hinaus.

Ich war gestorben. Gestorben, um zu leben. Wie lange dieser Moment dauerte, in dem ich fiel, vermag ich nicht zu sagen. Meine Geburt war langwierig und schmerzlich, aber ich war befreit! Nun, am unteren Ende der Klippe, lag ich auf staubigem Boden, der schon stummer Zeuge so vieler anderer Geschichten war.

Einige blaue Flecken hatte ich mir zugezogen, aber mein Herz war heil.

Noch etwas unsicher, ob ich wirklich angekommen war, öffnete ich die Augen und sah mich um.

Etwas unerwartet sah ich unzählig viele Menschen über der ganzen Fläche verteilt.

Nachdem die Umstehenden nun auch noch anfingen zu schmunzeln, stand ich schnell auf und klopfte mir verhalten den Dreck von meinen Sachen.

Etwas verloren sah ich mich um und wusste nun gar nicht wo ich hingehen sollte.

„Das ist mir auch passiert bei meinem ersten Versuch!".

Das war dieser Mann!

Der schöne Fremde von oben!

Er trug jetzt eine kleine Krone, die er am oberen Ende der Klippe noch nicht auf seinem Kopf hatte.

Zusätzlich mit dem Strauß Blumen in der Hand machte er einen ungewöhnlichen Eindruck. Sonderlich. Gar nicht so wie alle anderen hier.

Er kam zu mir und bückte sich, um einen goldenen Gegenstand neben mir aufzuheben. Es war eine kleine Krone. So eine, wie er sie trug.

Der Fremde winkte mich zu sich heran und setzte mir meine Krone richtig auf den Kopf.

Ich lächelte verlegen. Jetzt da ich ihm so nahe war, sah ich etwas in seinen Augen, dass ich so lange bei mir vermisst hatte! Er war glücklich.

Glücklich, obwohl ihm alle anderen hier offensichtlich nichts Gutes taten. kein freundliches Wort kam über die Lippen derer, die im Umkreis von zwanzig Metern standen.

Diese Menschen machten mir Angst. Sie sahen aus wie Wanderer, die seit Jahren nichts zwischen die Zähne bekommen hatten. Immer auf der Suche und nie am Ziel.

Als hätte er meine Gedanken gelesen, erwiderte er plötzlich meinen Blick und sagte mit leiser, aber wissender Stimme: „Und wenn auch noch der letzte Mensch auf der Welt böse und gemein ist, unser Papa passt auf uns auf!".

Mehr als zu einem Nicken war ich nicht fähig. Dieser Mann hatte Recht!

Er ließ ab von mir, nahm seinen Blumenstrauß wieder auf und wanderte pfeiffend fröhlich davon. Ich wollte hinterher und rief ihm nach: „Warte! Wo willst du hin?".

Er blieb stehen und drehte sich ein letztes Mal lächelnd um: „Das alles kann dir durchaus immer wieder mal passieren, weil dir vielleicht jemand ein Bein stellt… Aber denk immer dran: Wenn du fällst, kannst du auch wieder aufstehen. Richte deine Krone als Bewusstsein, dass du ein Königskind bist! Und dann geh deines Weges mit Gott!".

Während er sich nach diesen Worten wieder umdrehte und weiterging, rief er mir bloß noch eines zu: „Ja, wir sind alle Königskinder!".

Könisgkinder… Ja! Ich erinnerte mich.

Das waren meine Worte, die ich beinahe vergessen hätte…

Ich wollte nicht, dass dieser Mann geht!

Ich fühlte mich, ohne ihn zu kennen, so verbunden mit ihm. Er gab mir ein Gefühl der Sicherheit! Was wenn ich ihn nie wieder sehen würde?

Ich wollte meinem Vater danken und der ganzen Welt von seiner Liebe und Güte erzählen!

Die Gedanken an den schönen Fremden schob ich erstmal beiseite und wollte von meinem neuen Lebensgefühl Gebrauch machen: Ich ging auf eine Gruppe Menschen zu, die mich noch immer argwöhnisch betrachteten.

Als ich neben ihnen stand, sagten sie: „Noch so jemand! Was ist denn nur falsch bei euch.

Dir hätte der Bursche von vorhin eine Lehre sein müssen.

In seinem Aufzug war es doch vorhersehbar, dass sich hier einige Leute lustig über ihn machen. Und jetzt du.

Wer gibt dir denn Gewissheit, dass niemand auf dich losgeht, wenn du die Leute hier nun auch noch provozierst?

Der Typ vorhin hat seine Angst wundervoll überspielt!", sagte mein Gegenüber mit einem gehässigen Lachen seinen Freunden zugewandt.

Ich hatte keine Angst. Ich stand vor ihnen. Sie waren sieben und ich war allein. Nein, nicht ganz. Ich hatte IHN bei mir und sagte: „Nein, er musste nichts überspielen. Er hat dasselbe gesehen und erlebt wie ich. Ihr werdet es auch noch sehen eines Tages.

Und wisst ihr, was das Geheimnis ist, das ihr nicht versteht?"

Ich wartete einen Moment ab, um zu hören, ob sie etwas entgegnen würden. Als ich keine Antwort bekam, sondern nur verschämt Blicke in den Gesichtern erkannte, sprach ich weiter:

„Wir haben vertraut." (…)

Kapitel 7: Zwei Menschen, zwei Geschichten, drei Leben

Konnte das denn wirklich wahr sein?

Ich glaubte meinen Augen kein bisschen. Das was ich da las, war meine Mama! In einem Märchen! Wobei… Märchen?!

Konnte ich das Erzählte, denn überhaupt noch als solches bezeichnen, wenn zwei Menschen ein und dasselbe Erlebnis unabhängig voneinander schilderten?

Oder aber Papa wiederholte bloß jedesmal die Worte von Mama und sein Blick war voller Faszination darüber und vielleicht auch ein Stück Wehmut, weil er es nie miterleben durfte. Aber das war eine Option, die ich sogleich wieder wegschob, da mir der Gedanke an ein wahres Märchen besser gefiel. Und warum sollte es auch nicht so gewesen sein? Gott machte immerhin alles möglich…

Es war so ein unglaubliches schönes und rührendes Gefühl Wort für Wort von dem Augenblick zu lesen, der ganz genau beschrieb wie sich Mama verliebte.

Dennoch… Das, was da geschrieben stand, war schwer nachvollziehbar…

Ich meine, es ist schon sonderbar, dass Menschen sich von einer Klippe stürzen und das auch noch überleben und sich anschließend als Königskinder bezeichnen!

In welchen Zusammenhang das auch immer stehen mochte.

Aber wie gesagt Gott war alles möglich…

Als ich so darüber nachdachte, legte sich meine Stirn mehr und mehr in Falten.

Papa erzählte mir im Zusammenhang mit der Geschichte, dass wenn er Gott nicht gehabt hätte, Mama nie in seinem Leben gewesen wäre. Und es gäbe mich nicht!

Aber was ist mit ihr? Wo war denn Mama jetzt? Warum konnte ich sie nie kennenlernen, sondern durfte nur von den verblassenden Bleistiftworten auf dem gelblichen Papier vor mir zehren?

Ich kannte die Antworten auf die Fragen bereits.

Aber sie machten mich wütend.

So ging mir trotz allen Zorns eine Sache nie aus dem Kopf: „Mit Gott ist man nie allein. Ganz gleich, welchen Verlust wir erleiden."

Wie oft haben mich diese Worte aus Papas Mund selbst schon beruhigt und getröstet, wenn ich aufgebracht war.

Jetzt in diesem Moment wünschte ich mir, dass Papa und ich gemeinsam in Mamas Buch lesen würden und uns darüber austauschten. Aber er sollte wohl besser nichts von meinem Herumgestöber erfahren. Das würde ihn zu sehr aufregen.

Während ich meinen Gedanken so nachhing, bemerkte ich nicht wie die Sonne sich dem Horizont neigte und sich das Licht von weiß zu gelb-rötlich veränderte.

Es wurde still draußen. Außer dem Wind in den Bäumen und den knarrenden Holzdielen war kaum etwas zu hören.

Ich erhob mich und lief zum Dachfenster. Wunderschön…

Ich schloss die Augen und genoss für einen Augenblick die leichten Sonnenstrahlen auf der Nase.

Als ich die Augen wieder öffnete fiel mir sofort Leas Grab auf. Zu Füßen unseres Hauses lag unsere liebe, alte Hundedame und schlief einen ewigen Schlaf.

Ein kleiner Stich in der Magengegend erinnerte mich daran wie sehr sie mir fehlte.

Sie begleitete Papa und mich auf Schritt und Tritt bis sie eines Tages sich nur noch vollkommen auf mich fixierte.

Was keines Falles schlimm war. Vor allem weil ich sie mehr denn je brauchte.

Wir gingen im anliegenden Wald stundenlang spazieren, spielten und schmusten auf der Wiese. Natürlich durfte sie auch immer mit bei mir schlafen. Nachts hatten wir beide Angst und waren froh, wenn wir uns gemeinsam unter die Bettdecke kuscheln durften.

Aber eines Morgens wachten wir nicht mehr zur gleichen Zeit auf. Sie schlief einfach weiter.

Und das nun schon bis zum heutigen Tag. Traurig wandte ich meinen Blick von ihrem Grab ab und widmete mich wieder dem Tagebuch meiner Mutter, die wie ich niedergeschlagen feststellen musste, Lea auch nie kennenlernen durfte.

(...) Ja, das war sie.

Die Geschichte wie ich einen Mann kennenlernte oder besser gesagt wie ich einem Mann begegnete, den ich befürchtete nie wieder zu treffen.

Da stand ich nun und schwelgte in Erinnerungen. Und jetzt konnte ich einfach so nach Hause gehen zu diesem einen Mann. Hätte ich dies jemals für möglich gehalten?

Ganz und gar nicht.

Umso mehr dankte ich Gott für meinen lieben Mann.

Trotzdem fühlte ich mich noch nicht bereit dazu nach Hause zu gehen.

Jack wartete sicher schon, aber ich fühlte mich hier bei Papa so viel wohler. Und insgeheim hoffte ich doch so sehr, dass sich dieses Ereignis wiederholte. Viel zu schnell vergessen Menschen den Zauber, den Gott um einen herum geschehen lässt.

Im Grunde genommen war Jack nie fremd...

Es fühlte sich mit ihm schon immer an wie Familie. In der Abenddämmerung erhob ich meinen Kopf und blickte zum Himmel: „Papa, wirst du ihn und mich eines Tages wieder daran erinnern?"

Eine leichte Brise fuhr mir durchs Haar und ich schloss die Augen, um den Augenblick zu genießen...

Ein innere Unruhe stellte sich ein und eine schleichende Angst nahmen alle Gewissheit: Ich würde verlieren... Ich würde auch noch das letzte bisschen, was mir an Mut und Zuversicht geblieben war in dieser Welt verlieren...

Und mit einem Mal erinnerte ich mich, dass selbst dieser Mann, den ich so sehnsüchtig mein Leben lang gesucht hatte, auch verletzen konnte und dies auch bereits auf die schlimmste Weise getan hatte. (...)

Kapitel 8: Das Leben nahm seinen Lauf...

Als ich weiterblätterte, entdeckte ich einen losen Zettel zwischen den beschriebenen Seiten. Die Schrift war nicht die meiner Mutter.

Sie sah eher aus wie... die meines Vaters!

Ich erschrak und legte den Brief schnell weg. Mit einem Mal brodelte das schlechte Gewissen in mir auf und mir kam alles so furchtbar falsch vor, was ich hier tat.

Ich war schon im Begriff aufzustehen, alles wegzupacken und fortzulaufen als sich jedoch der leise Gedanken einschlich, dass nichts falsch war an dieser Situation, sondern im Gegenteil ein wichtiges Puzzleteil.

Zaghaft öffnete ich das Buch mit dem Brief meines Vaters und begann langsamer als zuvor, gebremst durch Vorsicht und Angst vor dem, was kommen sollte, weiterzulesen.

(...) Und so fuhr er nach sechzig Minuten Selbstgesprächen und keinen Schritt weiter wieder nach Hause.

Ob die Therapie wirklich etwas brachte? Keine Ahnung.

Zu Hause angekommen, empfing ihn Dina nicht

wie erwartet mit ihrer Anwesenheit, sondern lediglich mit einem Zettel auf dem Küchentisch:

„Eigentlich ständig will ich, dass du mich siehst. Eigentlich immer möchte ich, meine Hand in die deine legen.
So gut wie jeden Abend möchte ich einen geselligen Abend an deiner Seite verbringen. So gut wie jeden Morgen wünschte ich, dass du mir ein Küsschen auf die Wange oder auf den Mund gibst.
Nämlich immer sehne ich mich danach an deiner Seite aufzuwachen.
Genau jetzt wünschte ich, die salzig nasse Träne auf meiner Wange von deiner Hand weggewischt…"
Ohne weiter über die Worte nachzudenken, suchte Jack Dina und rief sie.
Als sie ihm nicht antwortete, sah er im Schlafzimmer nach und fand sie dort zusammengekauert im Bett liegen.
„Mein Schatz, hier bist du! Wie geht es dir denn?", erkundigte er sich besorgt nach ihrem Befinden.
„Es ist wieder ganz schlimm, Jack…", flüsterte sie einen unverkennbaren Hilfeschrei, mit dem Jack jedoch wie oft nicht umzugehen wusste.
Stattdessen nahm er sie in den Arm und küsste ihre Stirn. Er wusste genau, was ihr Angst machte…

Er selbst war es.

Besser gesagt, war es das, was er getan hatte.

Genau vor einem Jahr lernte er eine neue Kollegin im Büro kennen. Sie verstanden sich gut… Und was ist da noch mehr zu erklären?

Sie verstanden sich zu gut, begannen erst eine platonische Beziehung, die dann irgendwann einmal im Bett endete.

Damit hatte er Dina zerbrochen, nachdem sie es auch noch auf sehr unschönem Wege alleine herausfinden musste, seine Lügen entlarvt wurden und sie im aller ersten schlimmsten Schockmoment ganz alleine mit der Botschaft klarkommen musste.

Ob sie ihm verziehen hatte?

Sicherlich will sie das, aber die Angst blieb.

Angst davor ersetzt zu werden, nicht auszureichen.

Und Jack konnte nichts machen, außer sie festzuhalten. Wie oft hatten sie gemeinsam gebetet und Gott angefleht, er möge die schwarze Wolke über ihrer Ehe wegschieben. Aber insgeheim hatte Dina abgeschlossen.

Das wussten beide.

Somit wurde das gemeinsame Leben nur noch zu einem Aushalten. Und immer wieder wenn es schlimm wurde, konnte Jack sie bloß festhalten.

Worte halfen nicht mehr, denn die Handlungen sprachen für sich. Dabei wollte er nichts lieber tun als ihr beweisen, dass er es zutiefst bereute und nur sie liebte. (…)

Mehr verriet der Brief von Papa nicht.

Viel mehr wollte ich auch gar nicht wissen. Mir zerriss es das Herz, wenn Papa so etwas schrieb. Und wie meine Mutter gelitten haben musste. In so einem Lebensabschnitt wünschte sich Mama sicher sehnlicher denn je, dass ein Fremder kam und sie rettete, dass er sie einfach mitnahm und fortführte von diesem Alptraum…

Ich konnte mich nicht so recht entscheiden, was schmerzhafter war: Der Gedanke und die Vorstellung darüber, dass Papa Mama so wehtat und sie ersetzte oder aber, dass Mama wohl von einem anderen (besseren?!) Leben träumte.

Zwei Menschen, die so zerrissen waren, sich nahe standen und kaum weiter voneinander entfernt sein konnten. Und das Ergebnis dieser ganzen Bindung? Ich!

Das Buch in meinen Händen wurde immer schwerer und mein Herz füllte sich mit Blei.

Ich hatte mir in den letzten zwei Stunden Wissen angeeignet, von dem ich mein ganzes Leben verschont geblieben war. Aber jetzt… jetzt konnte ich das Gelesene nicht mehr einfach auslöschen.

Ich kannte die Wahrheit über meine Herkunft. Die Wahrheit über die Herkunft meiner Ängste, meiner Eigenarten... Alles ergab plötzlich einen furchtbar schrecklichen Sinn.

Was dies im Detail bedeutete, sollte ich noch früh genug erfahren.

Kapitel 9: Ich kenne dich nicht

Mittlerweile war es dunkel und die Nacht breitete sich auf dem ganzen Dachboden aus. Sie kroch in jede Ecke und verschlang jede noch so kleine Kontur bis alles zu einem einheitlichen, schwarzen Brei zusammenfloss.

Zum Glück warf der aufgehende Mond ein paar silberne Strahlen durch das kleine Dachfenster, sodass ich mir mit weniger Stößen als gedacht einen Weg zum alten Wandschrank bahnen konnte, in dem Papa stets einen kleinen Vorrat an Kerzen und Streichhölzern hielt.

Ausgerüstet mit allem was ich brauchte, um der Dunkelheit die Stirn zu bieten, schlich ich zurück zu meinem Platz, stellte die Kerzen rings um mich auf und freute mich mit jedem aufglimmenden Docht über die kleine Flamme, die ein warmes, goldenes Schimmern verbreitete. Mich fror es ein wenig und so genoss ich die dezente Wärme des kleinen Feuers.

Innerlich dankte ich Gott für diesen Moment.

Auch wenn alles um mich herum so finster und unheimlich erschien und auch das Buch – mein Leben, nichts anderes aufzeigte, so fühlte ich mich dennoch gehalten.

Ich wusste, dass egal, was noch passieren sollte, alles gut werden würde am Ende.

Als ich nach einer Weile weiterlas, bemerkte ich erst nach ein paar Zeilen den großen Sprung in den Aufzeichnungen. Nachdem Papa seine Bemerkung (nachträglich?) hinzugefügt hatte, war es als ob es Mama die Sprache verschlagen hätte.

Ihre Geschichte machte eine Pause und endete mit dem Besuch an der Klippe, nachdem sie im Schwimmbad war.

Ich hatte erwartet davon zu lesen, wie sie nach Hause kehrte und Papa davon erzählte, dass sie seit Langem mal wieder an der Klippe war...

Vielleicht wären sie zusammen dorthin gegangen und hätten in Erinnerungen geschwelgt. Aber stattdessen fand ich diesen Brief von Papa zwischen den Seiten.

Die gewünschte Wirkung von Papas Zusatz blieb aus. Es hätte als Ergänzung dienen sollen, um das Puzzle übergangslos zu einem Ganzen zusammenzufügen, aber es wirkte als ob Papa das Unaussprechliche niederschrieb, weil Mama es nicht konnte. Vielleicht tat es ihr zu sehr weh.

Ich blätterte noch ein paar mal hin und her, um für mich selbst erschließen zu können, zu welcher Zeit sich was zugetragen haben musste: Tim, also Mamas Expartner, musste wohl Auslöser für Papas ... nun ja, Betrug... gewesen sein. Zumindest hätte ihm das ähnlich gesehen: Er war sehr eifersüchtig und besitzergreifend. All das musste sich zugetragen haben, nachdem Mama von dem Besuch an der Klippe heimkehrte.

Mich machte diese Lücke in dem Buch so traurig. Sie war ein Ausdruck dafür wie kraftlos Mama gewesen sein musste, dass sie es nicht mal schaffte ihren Stift in die Hand zu nehmen und in ihrer wunderschönen Schrift niederzuschreiben, was sie bedrückte.

Vielleicht war diese fehlende Überwindung auch ein Auslöser dafür, dass sie immer kränker wurde.

Wie oft ich auch hin und her blätterte, die Lücke würde sich nicht füllen.

Also beschloss ich an der Stelle weiterzulesen, an der Mama ihre Sprache wiederfand….

(…) Was blieb mir noch anderes übrig als die erlernte Demut in meinem Leben nun auch praktisch anzuwenden und mich meinem der Situation hinzugeben.

Mit einem Mann an meiner Seite der mich einmal (einmal zu viel) ersetzte und es so leid es ihm tat auch nicht rückgängig machen konnte.

Ich liebte ihn nicht einmal mehr. Aber Gewohnheit und all die Jahre banden mich an ihn. Ich akzeptierte ihn einfach an meiner Seite. Nicht zuletzt, weil er der Vater unser gemeinsamen Tochter Lizzy war. (…)

Mir stockte der Atem. Mein Name! Meine Mutter erwähnte tatsächlich das allererste Mal meinen Namen!

Ich las ihn wieder und wieder, um vielleicht einen Funken herauslesen zu können mit welcher Stimmung sie ihn verwendete. Liebevoll? Stolz? Besorgt? … Reuevoll?

Ich las weiter.

(…) Es tut mir leid, wenn das hart klingt und vielleicht auch etwas herzlos…

Lizzie ist mein schönster und liebster Fehler, den ich in meinem Leben begangen habe. Ein Geschenk Gottes.

Wenn auch für mein Empfinden erbarmungslos.

Denn was kann dieses Leben der kleinen Prinzessin schon bieten außer Eltern, die sich ferner sind als der Nord- und der Südpol, wenig Lachen und dafür umso mehr Schatten und Bilder, die ich nicht verstehe.

Alles in allem eine verängstigte Mutter und ein distanzierter und trauernder Vater.

Aber so war es nun mal und ich fügte mich den Umständen.

So wie man es als verantwortungsbewusste Erwachsene eben tun musste.

Wenn ich zurückblätterte und den letzten Eintrag betrachte, wird mir wieder schmerzlich bewusst wie dunkel diese drei Jahre waren.

Und doch dieser kleine Lichtblitz namens Lizzie, der (zu allem Übel?!) gleich nach Jacks Geständnis seines widerlichen Betrugs, aufflammte.

Glück im Unglück könnte man meinen.

Denn so setzte ich den Plan meiner Scheidung und dem Leben als Single nicht durch. Jack war dankbar und ich resignierte.

Drei Jahre vergingen. Drei stumme Jahre, in denen sich eine Dunkelheit in mir ausbreitete, die ich nicht aufhalten konnte. Ich betete zwar, aber insgeheim hatte ich bereits abgeschlossen und wollte nicht dass man mir hilft.

Als ich meinen Gedanken so nachhing und auf mein Kind herabsah, das so friedlich schlafend in ihrem Bett lag, kam ich mir so unendlich schlecht vor.

„Lizzie, es tut mir leid. Ich halte allem nicht mehr stand. Du brauchst keine Mutter, die dich nicht erfüllt und nicht so liebt wie es dir zusteht. Meine Liebe ist bloß ein Geschwür, das pulsiert und schmerzt...".

Ich strich Lizzie über das Haar. In der anderen Hand hielt ich einen Zipfel der Bettdecke und krallte mich mehr und mehr fest.

„Warum nur hört mich niemand!"

Ich schloss die Augen und kniff sie so fest zusammen bis es schmerzte. Dann sah ich ihn.

Dieser eine Schatten. Mein stiller Begleiter. Ein Fremdkörper in mir und um mich herum, der mich schon eine Weile begleitete.

Und er sprach: „Keiner erahnt die Bilder und die absurden Vorstellungen in meinem Kopf... Und niemand wird je davon erfahren. Sie gehören mir. Keiner kommt da heran. Es ist das einzige was ich besitze und kontrollieren kann.

Sie tun mir so weh. Ich bekomme Kopfschmerzen und Schweißausbrüche von ihnen. Sie treiben mich in den Wahnsinn!

Aber sie gehören mir... Sie schenken mir für ein paar Minuten Befriedigung. Dabei stehen mir die Tränen in den Augen, weil ich mich dieser Ekstase ergeben WILL. Nichts davon tut mir gut. Das weiß ich. Aber umso mehr krankhafte Gedanken nisten sich ein. Ich bin so fixiert auf sie..."

Ja, das war sie. Die Stimme des fremden Bekannten, der so viel Dunkel in mir verbreitete, dass mir jedesmal beinahe

blind vor den Augen wurde.

Aber er begleitete mich in meinem Kopf schon eine ganze Weile und wurde somit zu einem unsichtbaren Freund. Keiner kannte ihn. Außer mir. Er verhalf mir die Einsamkeit zu überstehen. Ich erhob mich vom Bettrand. Langsam und unsicher.

Ich folgte dem Ruf in mir und lief zum Fenster, blickte durch das Fensterglas in die Richtung aus der ich seither die Herkunft meines Begleiters vermutete.

Aus Mitleid nahm ich ihn an einem vergangenen Tage mit mir, weil er aus seinem Herzen heraus aus Leibeskräften schrie und ich diese Verzweiflung triefenden Klänge wohl kannte. Zusammen würden wir das durchstehen.

Wie ich so am Fenster stand, sprach ich zu ihm: „Ich weiß, was du meinst. Ich speicher all diesen Schmerz. Er macht mich so wütend!

Meine Gedanken machen mich wütend! Und diese Taten, die meinen Gedanken folgen…

Und dann warte ich einfach nur bis der Schrecken vorbei ist. Ich fühle mich so vollkommen abartig. Das Schlimmste, was mein Kopf sich je zusammenspinnen konnte… Davon zehre ich nun.

Dieser Parasit in mir weidet sich an meinen Gedanken, an dem Schmerz und dem Leid… Ich bin krank."

Und auch mein Begleiter erhob sich. Wölbte sich in mir auf und sammelte alle Kräfte, um einen lauten und wutverzerrten Schrei auszuspeien, der höllische Kopfschmerzen hinter meiner Stirn verursachte: „Alle haben mich verlassen! Wenn auch nicht räumlich, dann haben sie doch einen großen Haken an mich gemacht, ich bin mit vielen zusammen und doch allein. Keiner kann mir helfen! Ich habe Angst, alle zu verlieren und tue gleichzeitig alles dafür, dass ich sie verliere.

Ich selbst würde mich auch nicht lieb haben wollen. Charakterlicher Krüppel.

Stets bemüht nützlich zu sein für meine Mitmenschen und dabei nicht unbedingt aus Nächstenliebe handeln, sondern für Anerkennung, Dankbarkeit, Unersetzbarkeit und Annahme…

Bestrebt ausreichend Pluspunkte auf meinem Persönlichkeitskonto zu sammeln, damit ich ausreichend Puffer habe für folgende Fehler!

Doch das System geht nicht auf…

Nichts funktioniert mehr. All diese Pläne und Ziele, die ein gesunder Mensch hat, sind unerreichbar für mich…“

Dann verstummte er und ich spürte wie mein Freund schluchzte und in sich zusammensank.

In diesem Monat durchfuhr eine bleierne Schwäche meinen Körper und ich sank ebenfalls auf die

Knie.

„Ja, du hast Recht…", stöhnte ich. (…)

Mein Gesicht war überströmt von Tränen. Ich konnte die Zeilen unter mir kaum klar erkennen. Alles verschwamm und meine Stirn pochte.

Ich war so wütend und so verängstigt. Das war nicht die Mutter, die ich wollte. Diese Frau war krank!

Diese Frau war verrückt!

Und wer weiß, was sie mir alles für Gruselgeschichten eingeflößt hatte während ich da so schlief .

Ich hatte so eine Angst vor dieser Frau und war so endlich traurig darüber, was aus diesem an der Klippe tanzenden Mädchen geworden war, die einst so verliebt schien und von der Papa so begeistert erzählte.

Gleichzeitig hasste ich Papa dafür, dass er sie nicht an den Schultern gepackt und sie so lange gerüttelt hatte bis sie wieder zur Vernunft kam, geschweige denn, dass er sie einfach in den Arm nahm und festhielt.

Denn immerhin war er derjenige, der das aus ihr gemacht hatte!

Im Moment wusste ich nicht mehr ein noch aus in meinem Gefühlschaos. Ich war sogar wütend auf mich selbst, dass meine Wurzeln so krankhaft schienen.

Was sollte ich mit dieser Wahrheit beginnen? Wem konnte ich die Schuld geben? Mama war nicht mehr da. Und Papa? Er würde es nicht verstehen...

(...) Ich erhob mich wieder und musste mich krampfhaft am Fenstersims vor mir auf die Beine ziehen. Ich zitterte am ganzen Körper.

Angst machte mir mein Zustand schon lange nicht mehr. Mich strengten viel mehr der ganze Tumult und die geheuchelten Sorgen um meinen Gesundheitszustand an.

Freunde und Familie... Jack und weitläufig Bekannte. Alle kamen sie mit dem moralischen Zeigefinger an und meinten sie wüssten besser Bescheid über mich als ich selbst.

Dabei konnte ich durchaus unterscheiden, was Krankheit war und was nicht.

Und ich war nur so lange krank wie ich es auch zuließ. Immerhin konnte ich klar denken! Sonst hätte ich nicht so engagiert meinem Musikprojekt in den vergangenen Wochen und dem anstehenden Auftritt an diesem Abend nachgehen können. Ich strich meine Kleider glatt und blickte noch einmal besorgt zu meinem Baby hinüber, die wie ich hoffte nichts von dem Zusammenbruch mitbekommen hatte.

Das friedliche Ein- und Ausatmen bestätigte meine Hoffnung. Ich küsste Lizzie zum Abschied auf die Stirn und machte mich auf dem Weg zur Haustür.

„Dina!", kam ein heiseres Rufen aus der Küche. Jack saß am Tisch und hielt sich mit beiden Händen der Stuhllehne fest.

„Hast du das gehört?", fragte er mit zittriger Stimme.

„Nein, Jack. Ich muss jetzt auch los. Geh schlafen. Ich bin bald zurück.", antwortete ich ihm, ohne überhaupt nachzufragen, was er meinte.

Als ich die Tür hinter mir schloss, blitze vor meinen Augen etwas Schwarzes auf und ein Stechen durchfuhr meinen Kopf.

Er war stärker als sonst und ich mehr benommen als jemals zuvor. Ich fühlte mich tatsächlich krank, aber ich wollte es nicht zugeben.

Mit zittrigen Beinen machte ich mich auf den Weg zu meinem Auftritt. (…)

Wortlos. Sprachlos. Nicht mehr fähig einen klaren Gedanken zu fassen, blätterte ich weiter. Ich rechnete mittlerweile mit allem.

Eine weitere Notiz von Papa…

(…) „Dina, warum bist du gegangen… Warum hast du gelogen. Natürlich hast du es gehört. Du warst es doch!

Du hattest wieder einen Zusammenbruch...", flüsterte Jack leise, der immer noch am Tisch saß, wo Dina ihn zurückgelassen hatte.

„Du treibst mich in den Wahnsinn!", polterte er energisch heraus und schlug mit der Faust auf den Tisch.

„Merkt du denn nicht, dass du dich umbringst!" Dann verstummte Jack wieder.

Es war jedes Mal dasselbe.

Die Stille wurde zu einem alten, treuen Freund von Jack. Er griff nach dem Tablettendöschen auf dem Tisch. Die Stille vermochte nicht mehr länger seinem aufgeregt pumpenden Herzen Ruhe zu verschaffen.

Das hatte einmal geholfen. Vor einiger Zeit als er noch Frieden fand in der Stille. Dann konnte er Gott bitten, ihm eine Geschichte zu erzählen, die sein Innerstes beruhigte. Aber jetzt waren seine Gedanken so laut geworden, dass er es nicht mehr allein schaffte Gott zu lauschen.

Jack betrachtete das Tablettendöschen in seiner Hand durch tränenunterlaufene Augen und wünschte sich mehr denn je, endlich nach Hause gehen zu können.

Er fühlte sich so allein. Selbst Lizzie im Zimmer nebenan konnte ihm keinen Trost verschaffen.

Wie auch... Er wollte ein guter Vater sein. Aber so? Emotional am Boden, verzweifelt, gescheitert als

Ehemann, Tablettenabhängig, miserabler Vater…
„Herr, hilf mir meiner kleinen Tochter zumindest von meiner letzten Kraft etwas geben zu können, damit sie lernt eines Tages und Eltern zurechtzukommen!
Denn diese hat sie nicht…" (…)

Kapitel 10: Ein stummer Held

„Oh, Papa… Es tut mir so weh, wenn ich diese Worte lese.", schluchzte ich.

„Ich wusste nicht, dass du so verletzlich sein kannst."

Im Moment wusste ich noch nicht so recht, wem ich die Schuld geben sollte. Aber irgendjemand musste ganz dringend all meine Wut und meinen Zorn abfedern.

Ich kniff die Augen zusammen, drückte das Buch an meine Brust und begann leise zu beten.

„Gott, bitte! Lass das nie geschehen sein. Lass Mama und Papa nicht so leiden. Um Himmels Willen sie waren so schwach! Ich kann ihnen nicht helfen. Ich kann nichts tun damit alles wieder gut wird…"

Mir fiel es schwer mit dem Weinen aufzuhören. Mein Hals war wie zugeschnürt.

Meine Eltern kamen mir nun nicht mehr wie zwei feste Anker vor, an denen ich mich festhalten konnte, sondern wie kleine verängstigte Kinder, die selbst einen starken, liebevollen Vater brauchten.

Auf einmal hatte ich das Gefühl, dass ich mich um Papa kümmern sollte.

Viel zu lange hatte ich gedankenlos die Zeit verstreichen lassen. Papa brauchte mich. Sobald ich die ganze Geschichte kannte, würde ich mich seiner vollkommen annehmen mit all seinen Verletzungen und Zweifeln.

Bei meiner Mama hatte ich nie die Chance so zu handeln. Also wollte ich zumindest bei Papa nichts unversucht lassen.

Ich öffnete die Augen wieder und las weiter. Diesmal ergriff Mama wieder das Wort:

(…) Da war ich nun: Nach monatelanger Arbeit, stand ich auf der kleinen Bühne und versuchte, das einzige, was ich glaubte, das mir noch Freude bereiten würde, zu genießen. Doch da standest du… Und dich anzusehen war wie ein Stechen in der Brust. So schön. So wunderschön.

Jeder der dich sah hatte die gleichen Worte auf den Lippen. Wie konnte man nur so bezaubernd sein? Diese klaren grünen, liebevollen Augen und die langen schwarzen Wimpern. Dieses strahlende Lächeln mit den Lachfalten. Und deine dunkelblonden Haare, die dir sanft in deine Stirn fielen. Du hast ein Tuch wie ein Stirnband getragen… Und da standest du also. Inmitten der Menge und sahst zu mir hoch.

Der Fremde, der kommen sollte, um mich zu retten.

Nach all den Jahren hast du mich gefunden. Du bist gekommen! Du bist meinem Gebet gefolgt und standest nun wegen mir hier und hörtest mir zu.

Ich war so entsetzt und schockiert glücklich, dass ich vergaß zu singen. Ich starrte dich an.

Die Musik spielte und die Leute um mich herum warfen sich irritierte Blicke zu.

Und ich sah nur noch dich.

Du ließt mich nicht aus den Augen und lächeltest.

In diesem Moment perlte sich eine einzelne Träne an meiner Wange entlang. Verlegen räusperte ich mich und wartete auf den nächsten Takt…

„If they could just see what love has done to me.
Oh this journey we've lost our way.
If they could see what you have done to me.
What would you say?
You changed my life forever.
Let's take this path together.
Let me be finally your better half…
I felt it the from the first time:
It's love…
…"

Und dann versagte meine Stimme. Ich konnte nicht mehr.

So viele Jahre meines Lebens verwirkt.

Verbraucht und verschwendet.

Auf einmal spulte sich mein ganzes Leben vor

meinem inneren Auge ab. Es gab eine Zeit da hätte ich mir nichts sehnlicher gewünscht, als dass du in der Menge vor mir stehst und mir zuhörst, mich ansiehst.

Aber jetzt? Nach all den Jahren? Nach all den Gebeten?

Gerade bei diesem letzten Song, den ich zum letzten Mal spielen wollte, der damals der erste war, den ich in Erinnerung an dich schrieb, gerade jetzt kommst du?

Ich weinte und die Tränen liefen mir ohne Halt über das Gesicht, perlten am Kinn ab und fielen auf den Boden.

Meine Scham war vollends übertrumpft von dem überwältigenden Gefühl der Sehnsucht. Sehnsucht nach dir. Wie viele Bilder hatte ich von dir gemalt, um dich von Zeit zu Zeit immer wieder anzusehen und an all die missglückten Versuche, aber auch aufregenden Chancen zu denken, die uns hätten zusammenführen können.

Was wusste ich, ob du nicht auch nur ein einziges Foto von mir bei dir trugst. Ich hoffte es so sehr. Du griffst mit deiner linken Hand an deine rechte Brusttasche deines Hemdes.

Die Musik lief weiter ohne Einhalt.

Du schlosst die Augen, immer noch lächelnd und nicktest mir ermutigend zu.

Hattest du meine Gedanken gelesen? Sollte da in

103

deiner Tasche etwa wirklich auch ein Bild von mir stecken? Sollte uns wirklich etwas über die ganzen Jahre verbunden haben?

Aber warum wunderte ich mich jetzt so sehr.

Für mich stand doch schon immer außer Frage, dass wenn wir einen Weg finden würden, uns nichts mehr trennen könne. Die Zuschauer um uns herum begannen langsam zu begreifen und bildeten eine Kreis um dich. Sie räumten Platz ein, um das Schauspiel aus ein paar Schritten Entfernung zu beobachten.

„I want to tell you that I was afraid and shy.
Now I know why.
All because of you.
I wish it would come true.
And there you were…
Infront of me…"

Einen Schritt kamst du näher.

Danach noch einen. Und so weiter. Bis du dicht vor mir standest und zu mir auf meiner kleinen dreißig Zentimeterhohen Bühne aufsahst.

Ich war dir noch nie so nah und jetzt zum ersten Mal spürte ich deinen Atem und nahm deinen Duft wahr.

Ich fühlte mich so zu Hause, obwohl ich dich noch nie kennenlernen durfte.

Aber das war auch nicht nötig.

Jetzt wussten wir alles, was wir wissen mussten. Es reichte alles aus, damit du mir nun deine Hand hinhieltst und ich sie ergriff.

Die Musik spielte weiter und alle begriffen, dass sie dem Moment nichts stehlen durften.

Es war wie ein Luft-Anhalten. Voller Spannung und Hoffnungen, was als nächstes passieren würde. Ich sang nicht weiter. Das Lied war beendet. An einer ungeplanten Stelle und doch gerade richtig für ein neues, offenes Ende.

Ja, da standest du vor mir, hieltst meine Hand und lächeltest mich an.

Wir sprachen kein Wort. Aber ich setzte voller Vertrauen einen Fuß nach dem anderen zu dir bis ich ganz vor dir stand und dir nun so nahe war, dass ich aufblicken musste, um deine wunderschönen Augen zu sehen.

Ich klebte mit meinen Augen an deinen Lippen in voller Hoffnung zum ersten Mal deine Stimme zu hören.

Doch du erfülltest mir diesen Gefallen nicht.

Stattdessen neigtest du den Kopf, kamst meinem Gesicht ein Stück näher und warst drauf und dran, mich zu küssen.

Mein Herz raste. Deine Hände auf meinen Schultern. Du hieltst mich so sanft und dann geschah es.

Deine Lippen auf meinen. Es dauerte für die Welt um uns herum nur einen Bruchteil einer Sekunde, doch für mich war es berauschende Ewigkeit.

Ein Gefühl des Ankommens.

Alles war richtig.

Dann löstest du deinen Mund von meinem und bewegtest deinen Kopf ein paar Zentimeter weg. Gerade so, dass du mich ansehen konntest.

Was darauf folgte, konnte ich nur schwer beschreiben. Es war das lieblichste, was ich je in meinem ganzen Leben bis zum damaligen und heutigen Zeitpunkt gehört habe.

Du sagtest: „Ich bin zu Hause…"

Mehr nicht. Das musstest du auch gar nicht. Du nahmst mich an die Hand und wir verließen den Schauplatz. Alle applaudierten und wir beide wussten, dass nun alles richtig war.

Du hattest mich gerettet.

Die Nacht beugte sich über die Häuser und die Menschen. Alles versank im Dunkel und ließ die Sterne am Himmel in einem silbernen Blau – Weiß glitzern. Eine leichte Brise ging durch die Luft.

So lau war der Wind schon lange nicht mehr.

Die Baumkronen wiegten sich hin und her. Friedlich und beruhigend war die Nacht.

Die Schatten der Bäume spiegelten sich im Licht des Mondes auf der Oberfläche des kleinen Teiches. Du legtest deinen Arm um mich und gabst

mir mit einem Blick und deinem Lächeln zu verstehen, dass ich dir erzählen sollte, was ich auf
dem Herzen hatte und was bis heute alles geschehen war. Wie gut du mich kanntest!
Und ich fiel in ein ohnmächtiges Reden… (…)

Kapitel 11: Verhasste Liebe und verlorener Jack

Es war seltsam.

Ich hatte die ganze Zeit das Gefühl, dass alles bald zum Ende kommen würde und ich von dem Moment erfahren würde, vor dem ich mich so fürchtete: Der Tod meiner Mutter.

Eigentlich hatte ich bis hier her schon viel zu viel erfahren von meinem Leben. Ich kannte meine Eltern nicht mehr. Geschweige denn, dass ich mich überhaupt kannte.

In einem seltsam absurden Muster ergab das alles Sinn, aber irgendwie erschien mir diese ganze Geschichte auch so fernab von der Realität, dass es mir leicht übel wurde bei dem Gedanken daran, dass das alles nicht mehr vorbei sein würde mit dem Zuschlagen des Buches.

Ich fühlte mich wie ein Blatt, das vom Wind hin und hergetrieben wurde und es keinen gab, der es am Stiel packen würde, um es vor Wind und Sturm zu bewahren.

Ich würde verlorengehen...

Ständig wechselnde Umgebungen, Gesichter, Freunde und Feinde – nichts Vertrautes.

Verwirrung zerrte an meinen Kräften. Schwäche ängstigt die Menschen, wenn man keinen Strohhalm in den Händen hält, der Hoffnung gibt.

Wenn da niemand ist, der Wert darauf legt, dass

du hier bist. Und dass du bleibst…

So zogen meine Gedanken in die Weite und kehrten wie ein Bumerang unverändert und ohne Antworten zurück.

Ich stöhnte und sank etwas mehr in mir zusammen, weil etwas in meinem Brustkorb heftig zu stechen begann.

Drei tiefe Atemzüge und die sonst so beruhigende Dunkelheit hinter verschlossenen Lidern halfen nichts, dem wütenden Chaos hinter meiner Stirn Einhalt zu gebieten.

Mit Tränen in den Augen und schweren Atemzügen blickte ich auf die Zeilen in meiner Hand.

Das war einfach alles zu viel.

Ich war gefangen in einem Labyrinth aus Sackgassen. Einfach jede Richtung versprach mir ein Wirrwarr aus noch mehr Verzweigungen und letztlich dem Hindernis einer großen unüberwindbaren Mauer.

Der letzte Abschnitt hatte es in sich: Ich musste ihn noch gefühlte zehn Mal lesen, ehe ich wirklich begriff, worauf ich eigentlich hinauswollte.

Mit dem Versuch herauszulesen, ob meine Mutter jetzt tatsächlich auch noch dem Betrug verfallen war, betete ich insgeheim für das Gegenteil.

Aber aus ihren Worten wurde ich nicht schlau. Mir blieb wohl nichts anderes übrig als einfach weiterzulesen, obwohl sich alles in mir dagegen sträubte:

(…) „Manchmal wünsche ich mir etwas weniger von all dem…. Etwas weniger von den Menschen, die neidvoll nach meinem Leben trachten. Ich sehne mich nach mehr Stille.
Weniger Freunde, weniger Geld, weniger Sicherheit. Weniger Ansehen und Respekt. Weniger Verantwortung.
Ich möchte weniger mich selbst. Manchmal möchte ich weniger, dass mich alle sehen, wie sie mich sehen…", erklärte Jack gedankenverloren seinem Therapeuten an diesem verregneten Dienstagvormittag.
Er konnte sich eigentlich nicht beschweren. Jack hatte allmählich wieder Fuß gefasst nach vielen Schreckensjahren, war erfolgreich im Beruf, hatte viele gute Freunde und eine bezaubernde Tochter. Aber es gab etwas was da fehlte. Etwas Entscheidendes, was er einmal besaß und dadurch den Verlust von Tag zu Tag deutlich spürte.

Es war Herbst.
„Hmmm…", entgegnete der Diplom Psychologe, der acht Jahre Psychologie und psychiatrische Medizin studiere hatte und nun ein schlagkräftiges Argument lieferte, basierend auf seinem fun-

diertem Wissen, das Jack zum Weitermachen… motivierte?

Jack war definitiv nicht auf den Kopf gefallen.

Er wusste, dass er etwas für seinen Gemütszustand tun musste.

Wo die Ursache für das Problem herkam, war ihm bewusst.

Er hoffte nun schon seit Monaten Therapiesitzungen auf den Doktor in dem ledernen Sessel, ihm gegenüber sitzend.

Auch jetzt erhielt er keine Allround – Erklärung und befürchtete bereits genauso wie jede Woche nach Hause entlassen zu werden.

Zu Hause… Was war das schon. Es war weitestgehend leer.

Er konnte nicht mehr zu seiner lieben Frau heimkehren, da sie nun schon seit Jahren in der Klinik für geschlossene Psychiatrie weit außerhalb der Stadt lag.

Resignation machte sich breit und es blieb nur der Ausstoß eines Seufzers, um die Anspannung etwas abzuschwächen. Gefolgt von einem leichten aber entschiedenen Kopfschütteln: „Es nützt ja nichts…".

Da er jetzt sowieso nichts ändern konnte an der aktuellen Situation, blieb ihm nichts weiter als weiterzumachen.

Jack erhob sich und verließ wortlos und wütend das Zimmer des Therapeuten. Er ignorierte sogar das Rufen und stürmte aus dem Gebäude heraus.

Nach Dinas letztem Auftritt vor einem halben Jahr hatte Jack seine Frau nie wieder zurück bekommen.

Er verfluchte sich seither, dass er sie nicht begleitet hatte. Vielleicht hätte er Schlimmeres verhindern können.

Es musste wohl mitten während einer ihrer bezaubernden Songs passiert sein: Sie verstummte, bekam rote Augen und wurde immer weißer im Gesicht. Leute sahen ihr an, wie sich kleine Schweißperlen auf ihrer Stirn bildeten. Aber keiner traute sich auch nur einen Ton zu sagen…

Sie musste wohl minutenlang einfach nur so dagesessen haben.

Jack wagte es gar nicht mehr über all diese Menschen nachzudenken. Er hasste sie. Sie haben seine Frau noch kränker werden lassen, als sie es eh schon war.

Danach ging auf einmal alles ganz schnell…

All die Jahre zuvor hatte keiner einen Finger gerührt um Dina ernsthaft zu helfen und dann wenn alles zu spät war…

Dann packte man sie ein und es ging zur Endstation Geschlossene!

Jack rannte die Straße entlang und trat alles und jeden beiseite, was und wer ihm gerade in den Weg kamen.

Dass auch Passanten darunter waren, interessierte ihn keineswegs. Sie sollten einfach alle den Schmerz fühlen, den auch er spürte.

Ein junger Polizist, der auf der anderen Straßenseite gerade Kontrolle lief, bemerkte Jack und rannte mit gezogenem Schlagstock eilends auf ihn zu.

„Hey! Was soll das hier! Beruhigen sie sich!", sagte der Beamte mit lauter Stimme und packte Jack von hinten unter den Armen, um ihn mit einem festen Griff ruhig zu stellen.

„Lassen Sie mich!", brüllte Jack voller Zorn.

Er riss sich los und stieß eine alte Frau vom Gehweg, die sich lauthals mit in das Szenario einmischte.

Das war zu viel. Der Polizist schrie noch während die alte Dame stürzte und ein Auto sie anfuhr.

Beinahe gleichzeitig brüllte Jack: „Ja! Siehst du alte Schachtel, das hat man davon, wenn man vorschnell sein Mund aufmacht…"

Und so wie Jack diesen Satz äußerte, hatte er auch bereits den Schlagstock des Polizisten am Hinterkopf und sank in die Knie. Alles was folgte, war Dunkelheit. (…)

Das war kein Eintrag von Mama. Das war wieder ein Zettel mit Papas Handschrift.

Und was er da schrieb, erschreckte mich kein Stück. Abgesehen von dieser einen Sache…

Mama lag in einer Klinik für Psychiatrie?!

Ich konnte es für einen Moment nicht fassen. Sollte Papa gelogen haben und sie war gar nicht tot? Vielleicht erfand er diese Ausrede bloß, um mir den Anblick einer kranken und verwirrten Mutter zu ersparen? Leise Hoffnung machte sich breit in mir.

Auf der anderen Seite spürte ich auch, dass etwas nicht stimmte: Ich wusste, was damals passiert war.

Ich kannte diese Story in Bruchstücken von Papa selbst, soweit ich ihn verstehen konnte und den Rest hatte mir die Tageszeitung in Details und Bildern am nächsten Tag mitgeteilt.

Etwas in mir trieb mich an nun auch noch das Wort zu ergreifen. Jetzt war ich an der Reihe.

In Papas alter Werkzeugkiste kramte ich nach einem alten Bleistift und riss eine der letzten leeren Seiten aus dem Buch heraus.

Noch einmal tief durchatmen.

Dann begann ich selbst zu schreiben und das Puzzle nun vollends zu komplettieren.

(…) Dies geschah ca. vor einem Jahr. Der Tag war schlimm.

Ich kam gerade von der Schule als mich nicht wie gewohnt Papa zu Hause empfing, sondern Stille.

Ich wartete geschätzt zwei Stunden bevor ich ein paar von Papas Freunden anrief.

Alle taten sehr verhalten und ich bekam keine Auskunft, außer, dass ich ruhig bleiben und erst einmal die Füße still halten solle.

Am Abend lief ich zur Polizeistation im Ort und gab eine Vermisstenanzeige auf:

„Tja, Kleine. Davon mal abgesehen, dass eine junge Dame wie du um diese Uhrzeit nichts draußen zu suchen hat und längst im Bett liegen sollte, kann ich dir sagen, wo dein Vater ist: Er sitzt derzeit in Untersuchungshaft, weil er heute aggressiv gegenüber unschuldigen Passanten geworden ist. Ja und…", der Beamte zögerte.

„Ach, was soll's… bevor du es von irgendwo anders aufschnappst: Eine Rentnerin ist dabei ums Leben gekommen, weil dein Vater sie vor ein heranfahrendes Auto stieß."

Mir blieb die Luft weg als ich die Worte hörte.

Mein Papa? Mein lieber Papa, der sonst jeden Nachmittag mit Kakao und Kuchen auf mich zu Hause wartete, sollte gewalttätig und ein Mörder sein?

„Und jetzt...?", flüsterte ich heißer.

„Morgen kommt sein Therapeut und wird mit ihm Reden... Er scheint wohl nicht ganz da zu sein...".

Was auch immer das bedeutete, ich konnte in diesem Moment ohnehin keinen klaren Gedanken mehr fassen.

Ich lief langsam Richtung Ausgang.

„Hey! Moment mal! Wo soll's denn hingehen?"

Ich blieb stehen, ohne mich nochmal umzudrehen und zuckte lediglich mit den Schultern.

„Okay, warte einen Moment. Ich gebe meinen Kollegen Bescheid und fahre dich nach Hause.", beschloss der Polizist und wählte auf dem Diensttelefon eine Nummer.

„Nicht, dass wir heute wirklich noch eine Vermisstenanzeige erstellen müssen...", murmelte er noch.

Das Nächte an das ich mich erinnerte, war der Streifenwagen, in dem ich saß und starr aus der Windschutzscheibe blickte auf die Straße vor uns.

„Kann ich dich zu Oma oder Opa fahren? Onkel… Tante? Hast du sonst Familie?"

Ich schüttelte den Kopf.

Der Polizist seufzte und schwieg für den Rest der Fahrt.

Zu Hause angekommen, stieg ich aus dem Wagen und hörte noch wie der Polizist mir hinterherrief, dass er morgen Papas Therapeuten zu mir schicken würde.

„Danke.", sagte ich und ging ins Haus. In das leere, stille Gebäude, wo einst eine Familie wohnte.

Und jetzt (zumindest hoffte ich nur für diese eine Nacht) nur noch ich.

Dr. Harvest kam wie der Polizist es versprochen hatte.

Mit einem Regenschirm stand er vor unserer Haustür. Sein langer beiger Regenmantel tropfte vor Nässe.

Seltsamerweise tat es mir gut diesen fremden Mann zum ersten Mal zu sehen. Immerhin der einzige, der sich nach dem gestrigen Abend bei mir meldete und nach mir schaute…

Ich öffnete ihm die Tür und wollte ihn gerade hereinbitten als er mir sehr schnell den Wind aus den Segeln nahm, indem er mich bat mich zu beeilen, da er nach dem Besuch bei meinem Vater noch einen anderen Termin hatte.

Meine Freude jemanden zu sehen, der sich scheinbar um mich sorgte, verflog schnell. Ich schnappte wortlos meine Jacke und folgte dem Mann in sein schwarzes, glänzendes Auto (so eines wie Papa immer gern gehabt hätte).

„Wie geht es Papa?", fragte ich während ich den Gurt anlegte.

„Nun… deinem Vater geht es schon lange nicht mehr gut. Aber das hast du sicher schon gemerkt als seine Tochter."

Keine Ahnung, was ich darauf hätte entgegnen können.

Ich schwieg. Ich war empört über das fehlende Mitgefühl, mir diese Diagnose so unverblümt in der jetzigen Situation so unter die Nase zu reiben und am liebsten hätte ich ihm das vorgehalten. Nur hätte das auch bedeutet, dass ich mir eingestehen musste, dass ich nichts von Papas schlechtem Zustand mitbekam. Ich wollte nicht, dass der Herr Doktor auf dem Fahrersitz von mir dachte, ich sei ignorant. Wie auch immer… Mir ein eigenes Bild von Papa zu machen, erschien mir die vernünftigste Lösung. (…)

Es fühlte sich seltsam befreiend an all den Gefühlen Raum auf einem Stück weißen Papier zu geben.

Ich hätte das bereits viel zeitiger tun sollen. Vielleicht aber auch nicht.

Wahrscheinlich war jetzt erst der richtige Zeitpunkt gekommen.

Jetzt nachdem sich die Aufregung halbwegs gelegt hatte. Immerhin musste ich seit diesem Zeitpunkt alles allein in die Hand nehmen. Ich war seither auf mich allein gestellt.

„Wie Recht Papa hatte als er Gott bat ihm zu helfen, als Papa mich so geht es ging auf das allein zurechtkommen vorbereitete… Als hätte er es schon zuvor gewusst…"

Aber ich war okay. Mir ging es gut.

Keine Frage! Papa hatte seinen Job mehr als zufriedenstellend erledigt.

Ich konnte von mir behaupten, dass ich selbstbewusst, vernünftig und klug genug für mein Alter war, um mich nicht in Schwierigkeiten zu bringen oder gar den Weitblick zu verlieren.

„Danke, Papi…", flüsterte ich und ein Lächeln umspielte meine Lippen.

Noch eine Sache lag mir auf dem Herzen, die ich außerdem niederschreiben wollte…

Kapitel 12: Vor einem Jahr…

(…) „Nackt stehe ich vor Dir, Herr. Du hältst mir einen Spiegel vor und ich kann einfach nicht hineinschauen.

Ich schaue vorbei und versuche die Realität durch Ignoranz zu eliminieren."

Ich erinnere mich noch genau an die Worte meines Vaters, als der Psychologe und ich Papa von dem Revier abholten.

„Wie lächerlich! Nun da ich das Offensichtliche nicht länger verstecke, weil Du, Herr, mich zwingst, meiner Schande ins Auge zu blicken, schäme ich mich zu Grund und Boden.

Dabei sahst Du mich schon längst so wie ich mich nun auch erblicken muss in Deinem Spiegel."

Seit gut einer Stunde versuchte ich mit Papa zu reden, aber das war schier unmöglich bei all dem Gewusel um uns herum. Papa schien das alles hier zu überfordern. Er war nicht ansprechbar, sondern versank in Selbstgesprächen.

Ich hörte den ein oder anderen Beamten sagen: „Bei dem ist doch eine Sicherung durchgebrannt!" und das Schlimme war, dass der Psychologe bestätigend nickte und mitleidig zu Papa sah.

Ich wusste, was das bedeutete.

Und wie zur Bestätigung kamen die Sanitäter und nahmen Papa mit.

Ich schrie vor Schreck und versuchte sie daran zu hindern. Doch die Polizisten und der Psychologe hielten mich fest.

Alle um mich herum waren in heller Aufregung. Das ein oder andere Mal hörte ich wie sie sagten: „Kann man das Kind nicht fortschaffen?" oder „Die drehen ja alle am Rad in der Familie!".

Vielleicht hatten sie Recht… Aber wir litten dadurch nicht unbedingt weniger als andere Menschen.

Ich appellierte noch rechtzeitig an meine Vernunft, um mich zu beruhigen.

Ich wollte auf keinen Fall selbst in eine Klinik gesteckt werden. Dies hätte zur Folge gehabt, dass ich mich gar nicht mehr um Papa hätte kümmern können.

Also setzte ich mir eine Maske der entschlossenen Gefasstheit auf.

Und es funktionierte: Der Psychologe nahm mich wieder mit und wir folgten den Sanitätern im Krankenwagen vor uns eine halbe Stunde bis wir (wie ich es befürchtet hatte) die Nerven- und Heilanstalt am Stadtrand.

Ohne ein Wort miteinander zu wechseln (wofür ich sehr dankbar war), stiegen wir aus dem Wagen und ich folgte dem Psychologen.

Alles hier war so grell. Aber auf der anderen Seite auch tot.

Es kam mir einfach alles abstrakt vor. Die Gespräche zwischen Schwestern und Ärzten bekam ich nur noch als Rauschen wahr.

Wir mussten eine ganze Weile warten ehe wir zu Papa durften. Ich machte mir natürlich keine Illusionen darüber, dass er nur zu einer Routineuntersuchung hier war.

Mir war schon klar, dass man ihn stationär aufgenommen hatte. Aber als die Schwester uns bat ihr zu folgen und ich meine Richtung korrigieren musste, weil wir eben nicht auf die Nervenstation (oder wie man es nannte) gingen, sondern abbogen auf die geschlossene Station, drehte sich mir der Magen um.

Endstation Geschlossene?

Als ich aber das Zimmer erreichte und durch die offene Tür Papa sah wie er da auf dem Bettrand saß und in einen kleinen Handspiegel blickte, brach es mir das Herz.

Und ich wusste, dass er hier erst einmal gut aufgehoben sein würde.

„Ich lasse euch erstmal allein… ich muss einige Dinge mit dem Doktor besprechen.", flüsterte mir der Psychologe zu und schenkte mir ein ermutigendes Lächeln.

Ich nickte und lächelte dankbar zurück.

Es war ganz still im Zimmer als ich die Tür hinter mir schloss.

Langsamen Schrittes ging ich auf Papa zu, setzte mich zu ihm auf das Bett und legte meinen Kopf an seine Schulter.

Ich wollte nun keine Worte verlieren, sondern ihm einfach zeigen, dass ich ihn lieb hatte.

„Jeder Fleck auf meinem Körper erzählt mir eine Geschichte. Eine Geschichte wie ich sie schon lange vergessen haben wollte. Eine Geschichte aus meiner Vergangenheit.", begann Papa zu reden.

Ich schloss die Augen und wollte ihm einfach nur zuhören.

„Wenn ich an mir herunterblicke, weine ich, weil mir jede Pore meiner Haut wehtut. Aber ich sehe nicht die Ursache des Schmerzes.

Da ist rein gar nichts. Nicht eine Spur eines Kratzers…

Ein Blick auf mein Spiegelbild überzeugt mich dann doch vom Gegenteil…".

Er schlug die Hände vors Gesicht.

„Ich kann meinen Augen kaum glauben! Das bin ich? So sehe ich aus? Nun täte ich nichts lieber, als mir ein Pullover oder einen Mantel zu krallen, um all das zu verdecken…".

Nach einer Pause löste er die Hände vom Gesicht.

„Aber halt… Es ist ja bloß mein Spiegelbild.

In Wirklichkeit blicke ich an meinem Körper hinunter und trage diese Wunden nicht nach außen.

Das heißt niemand wird es sehen und ich muss

mich nicht schämen. Stimmt's?"

„Nein, Papa. Niemand sieht es. Du bist so hübsch, Papa…", sagte ich zu ihm.

„Das antwortet mir auch Gott immer wieder, wenn ich ihm diese Frage stelle.

‚Ja, in Wirklichkeit blickst du an dir hinunter und siehst nichts. Wie jeder andere Mensch auch. Aber du weißt um die Wunden an deinem Körper!

In Wirklichkeit kannst du sie nie mehr verstecken.

In Wirklichkeit sehe ich sie und von nun an auch du!

In Wirklichkeit schämst du dich für sie.

In Wirklichkeit werden sie dir zur Last! Sie werden so schwer, dass du sie endlich loswerden willst und mich bittest, sie zu tragen!'…".

Ich verstand nicht alles, was Papa sagte, aber ich spürte, dass es etwas war, das ihm Hoffnung gab.

„Papa, warum gibst du sie dann nicht ab? Wenn Gott dir anbietet, die Last zu nehmen?"

Er sank nun auf die Knie: „Ich bin sprachlos. Herr, dass du dich meiner erbarmst! Dass du dich meiner, da ich so gering bin, annimmst und mir meine Blindheit von den Augen wischst! Herr, dass du mir noch eine Chance gibst!

All das ist mehr als ich erwarten kann!".

Er wandte sich nun an Gott. Er fand in ihm seinen lieben Papa.

Dieser Anblick trieb mir Tränen in die Augen. Es

berührte mich so sehr. Und ich spürte, dass es ganz egal war, was Papa getan hatte, er wurde lieb gehabt…

Nicht zuletzt von mir. Aber viel wichtiger: Von Gott.

„Vergib mir!", sagte er und blickte seinem Vater flehend entgegen.

„Vergib mir, was ich zuließ! Vergib mir, worüber ich nie nachdachte! Vergib mir, dass ich nicht gehorchte!

Herr, bitte vergib mir, was ich aus eigener Entscheidung tat! Oh, erbarme dich und vergib mir all die Wunden an meinem Körper, an denen ich Schuld bin und für all die, für die nicht ich verantwortlich gemacht werden kann!"

Er stand wieder auf, setzte sich neben mich auf das Bett, nahm mit dem einen mich in den Arm und griff mit der anderen Hand wieder zum Spiegel.

Sekunden des Schweigens vergingen.

„Die Wunden sind noch da. Ein wenig pulsiert der Schmerz noch unter meiner Haut, aber er ebbt ab…

Nach und nach engt er mich immer weniger ein und vernebelt nun nicht mehr meine Gedanken…

So Gott will ist alles nach einer Weile verschwunden.

Es ist ok so wie es ist. Wir wissen jetzt um sie.

Und ich weiß, was ich mit ihnen machen musste, damit sie mir nicht mehr hinderlich werden können.

Und ich weiß jetzt, dass du dich um sie kümmerst, dass du sie pflegst, ich weiß, dass du da bist."

Was Papa da sprach klang so schön…

Es beruhigte auch mein Herz. Ich war mir sicher, dass Papa nur etwas Zeit brauchte und wieder viel mehr Pflege von seinem Papa brauchte, damit er wieder heil werden würde.

Wir saßen sehr lange Arm in Arm da und als hätte Papa meine Gedanken gelesen, sagte er:

„Weißt du, Lizzy, Gott ist auch dein Papa.

Ein viel besserer als ich es bin und jemals sein werde. Er war schon immer da.

Jedes Mal, wenn wir etwas Neues lernen und wir Hilfe bekommen. Ich schließe manchmal die Augen, um mir jede einzelne Situation vorzustellen, in der der Herr neben mir war. Dann denke ich an etwas Besonderes.

An das wohl größte und schönste Ereignis, das mir der Herr bereitet hat. Und dann lächele ich."

Und auch ich lächelte.

Das sollte wohl eines der bedeutendsten Gespräche sein, das ich mit Papa führte. Er gab mir ohne es selbst zu wissen wichtige Dinge auf den Weg: Lange habe ich angenommen, dass alle Menschen so sind wie ich dachte.

Aber es gibt da noch jemanden, vor dem ich einfach so stehen darf. Jemand der nicht lacht oder mich verurteilt, wenn ich nichts weiter trage, außer meiner Haut und den Zeichen des Lebens.

„Ich sehe Gott auch in dir, Lizzy. Ich möchte meinen Blick nicht mehr von dir abwenden. Ich versuche dagegen anzukämpfen, aber es geht nicht.

In dir ist alles vereint, was ich liebe! Ja, du bist mein Engel.", sagte Papa und hatte Tränen in den Augen.

Auch ich weinte und war so dankbar, dass Gott mir genau diesen Papa und keinen anderen gegeben hatte.

Er strich mir mit der Hand die Tränen aus dem Gesicht und wandte den Blick wieder ab zu seinem Spiegelbild hin.

„Ich stehe noch immer nackt da. Doch mich stört es nicht. Du nimmst mich in den Arm und wärmst mich. Ich fühlte mich noch nie zuvor so beschützt!".

Wir saßen noch eine Ewigkeit so da. Arm in Arm. Ein unbezahlbarer Moment. Und ich war dankbar, dass ich Papa so erleben durfte.

Als es Zeit war zum Gehen holte mich der Psychologe ab.

Ich drückte Papa einen Kuss auf die Wange und verabschiedete mich bis zum nächsten morgen.

Papa zog mich noch einmal an sich heran und sprach:

„Lizzy, wenn ich hier fertig bin und alles erledigt ist, dann wirst du die kleinen Fallschirme aufsteigen und vor deiner Nase tanzen sehen. Dann weißt, dass ich heimgegangen bin und es mir gut geht.".

Ich war verwirrt, was ich mir nicht anmerken lassen wollte und antwortete: „Okay…"

Seit diesem Tag besuchte ich ihn mindestens einmal in der Woche, wenn es die Schule zuließ und wir redeten bis spät abends über Gott und die Welt.

Ich lernte so viel von Papa. Das ging ein Jahr lang so weiter und zu meiner Erleichterung durfte ich im Haus meiner Eltern wohnen bleiben.

Unter der Bedingung, dass meine Großeltern, die eine Straße weiter wohnten hin und wieder nach dem Rechten sahen. Nebenbei bemerkt: Das taten sie nie. Weder früher noch heute.

Böse darum war ich nicht, denn wie gesagt: Papa hatte seinen Job gut erledigt, mich zu einer selbstständigen jungen Dame heranzuziehen.

Mittlerweile wurden die Besuche bei Papa immer seltener. Aber nicht wegen mangelndem Interesse, sondern zum Einen wegen strengerer Besuchszeiten in der Klinik und viel Prüfungsstress in der Schule.

Ich hatte wirklich ein schlechtes Gewissen deshalb. Aber ein Jahr würde bald vergangen sein und dann standen die Chancen gut, dass Papa wieder heimkommt.

Und ich weiß, ich bin mir ganz sicher, dass das noch nicht alles ist!

Noch größeres, noch vieles mehr wartet auf uns!

„Lass mich von nun an aufmerksam zuhören, was dein großartiger Plan für mich bereithält! (…)

Ich lächelte zufrieden als ich das Geschriebene betrachtete und legte das beschriebene Blatt fein säuberlich an die richtige Stelle zwischen die Seiten.

Hier hätte das Buch enden sollen.

Es war ein recht gutes Ende. Zumindest den Umständen entsprechend.

Aber da war noch eine Sache, die ich nun unbedingt beantwortet haben wollte: Lebte meine Mama noch?

Ich legte mein Schreibwerkzeug beiseite und begann nun weiterzublättern, um den Rest der Geschichte zu lesen.

Kapitel 13: Das Ende von einem Anfang

(...)Kühle Wände. Weißer Stein, ohne Farbe. Ein einzelnes Bett haben sie mir gegeben, einen Stuhl, einen Schreibtisch inklusive Lampe und ein kleines Schränkchen auf dem Fotos stehen. Fotos zeigen mir Menschen, die mir wohl bekannt sein sollen. Ein Mann, ein kleines Mädchen von vielleicht zwei Jahren...
Doch von wirklich vertrauten Gesichtern ist keine Spur. Ich fühle nur Ekel und Abscheu, wenn ich die strahlenden Gesichter sehe.

Ich will sie auch nicht kennen. Nicht mehr. Wegräumen darf ich die Bilder nicht. Man sagt, es würde mir gut tun, wenn die schönen Momente der Vergangenheit in mir aufglimmen.

Blasses Licht scheint durch das Fenster über meinem Schreibtisch.

Ich hasse dieses Licht. Es blendet mich. Ich will es nicht.

Ach, was halte ich mich überhaupt an diesen Einzelheiten auf! Ich will nicht hier sein! Ich hasse mein ganzes Dasein! Ich bin gefangen, obwohl ich nichts verbrochen habe! Das ist nicht gerecht, dass ich all das hier ertragen muss!

Du warst es doch! Es ist deine Schuld! Du müsstest an meiner Stelle hier sein…

Stattdessen hast du den einfachsten Weg gewählt, bist krank geworden. Und natürlich glaubt jeder kranken, armen Menschen.

Und so bin ich zum Täter geworden durch deine Krankheit! Du bist der Verrückte! Du hast mir wehgetan!

Ja, hier bin ich also.

Auch wenn ich noch so wütend werde. Ich bin gefangen in diesem Raum. Gefangen mit der Person, die mir am gefährlichsten wird: Mit mir selbst.

Doch das war nicht immer so. Jetzt ist es so. Ich will die Zeit nicht zurückdrehen.

Ich will einfach nie geboren worden sein! Doch nun ist es ja eh zu spät und ich konnte dir, der du diese Worte in den Händen hältst, eine Geschichte erzählen, die ich am eigenen Leib erleben durfte (?!), musste (?!)...

Ich weiß es nicht. Du konntest mich näher kennenlernen mit jedem Wort, das du last. Oder wenigstens hoffe ich, dass du mich vielleicht nun besser kennst als ich mich selbst.

Es ist nicht leicht über sich selbst zu schreiben, wenn man nie geschafft hat, sich kennen- oder gar lieben zu lernen.

Diese Fähigkeit haben mir die Menschen – nein, genauer gesagt, ihr habt sie mir genommen.

Aber ich beende meine Geschichte am besten mit dem Einfachsten aller Dinge an: Mit meinem Namen. Ich heiße Dina.

Wie viel weißt du jetzt über mich?

Sicher nach dem ersten Eindruck, dass ich gerne viel rede und lange brauche, um auf den Punkt zu kommen.

Aber ich meine, wie viel sagt ein Name über einen Menschen aus? Nichts.

Also weiter: Ich bin alt und fühle mich müde und verbraucht. Das klingt nun so als wäre ich eine Großmutter mit schlechten Augen und zittrigen Händen.

Ganz im Gegenteil. Aber zwanzig Jahre haben ausgereicht, um mich hundert Jahre altern zu lassen. Früher fand ich mich hübsch... selbstbewusst

– eine junge, attraktive Frau.

Aber jetzt bin ich ausgemergelt und blass. Die hellen Wände um mich herum und die Enge tragen auch nicht wirklich zur Besserung bei.

Etwas Vertrautes habe ich lange nicht mehr gesehen. Sei es mein zu Hause noch bekannte, lebendige Gesichter. Was aus ihnen geworden ist? Ich hoffe sie haben alle das bekommen, was sie verdient haben!

Ich will hier nicht länger festsitzen. Ich muss raus! Ich kann meinen Lebensabend doch nicht hier verbringen!

Nach all dem, was ihr mir angetan habt, soll ich nun auch noch hier vor mich hin vegetieren bis ich jämmerlich einsam krepiere? Ich weigere mich! Da ist etwas in meinem Kopf…

Hinter meiner Stirn, das mich vergiftet. Ich spüre es.

Es macht mir so immense Kopfschmerzen. Wie tausend Scherben, die Schnitte in meinem Gehirn verursachen.

Du hast es eingepflanzt! Und es gibt nur einen Weg wie es verschwindet: Es muss ausgebrannt werden…

Ja, ausgebrannt! Vielleicht die Lösung, um allen Übel nach Monaten ein Ende zu setzen!

Das ist der Plan…

Für die Nachwelt, aber noch einmal ein paar Wor-

133

te, damit ihr wisst, wer die Schuld trägt. Es fällt mir schwer, die richtigen Worte zu finden. Ich weiß, was ich fühle, wenn ich an die Vergangenheit denke. Wenn ich mich all der Personen erinnere, die Teil der Geschichte waren und sie auch mitgestalteten.

Eine Mischung aus Ekel, Angst, Verzweiflung,... Hass... und bedingungsloser Liebe, Mitgefühl, Sehnsucht...

Es kommt mir so unreal vor, wenn ich mich an dieses Durcheinander erinnere.

Und mit jedem Wort, das ich schreibe, wird mir die Unmöglichkeit bewusst, die Bedeutung, die es für mich hatte auch nur ansatzweise herüberzubringen.

Wenn du eine Spur von Empathie in dir trägst, dann bitte ich dich zwischen den Zeilen zu lesen und die Melodie der Worte tief in deinem Herzen aufzunehmen.

Vielleicht entlockt es dir die ein oder andere Träne oder ein Lächeln... Alles Bruchteile von dem, was ich im Übermaß durchmachte.

Ein Wechselbad der Gefühle.

Aber bitte lasse es zu, damit ich nicht mehr die Bürde der Vergangenheit allein tragen muss.

So oft habe ich geredet oder auch geschwiegen, aber nie hat es Linderung geschaffen. Ein Leben zu leben bedeutet wohl auch allein zu sein.

Ob ich dramatisiere? Wenn es so sein sollte, dann hat man nicht die Welt in meinem Inneren verstanden.

Und wenn das dem Sensationsfanatiker noch nicht reicht, dann schafft es vielleicht das Ende der Geschichte, das so nie geplant war.

Das Ende, das ich jetzt leben muss.

Grausam. Unverständlich für mich.

Es war nie meine Schuld. Zum größten Teil zumindest nicht. Ich konnte immer nur ein schwaches Pauschbild an meine Umwelt geben. Aber das verdeutlichte noch lange nicht die Gewalt, die es für mich bedeutete.

Wie kann man den eigentlich Erleichterung bringenden Worten von Menschen, die es gut meinten und Trost spenden wollten, Glauben schenken, wenn ein Stechen in der Brust und der Kloß in der Kehle dich um jeden vernünftigen Gedanken bringen? Wenn hinter deiner Stirn alles verdunkelt wird durch ein und dieselbe Gewissheit: „Du hast es dazu gemacht. Du hast das Ende gestaltet."

Wie gesagt… Eine Geschichte wie ein Wollknäuel voller Fitze und Knoten. Ein Wirrwarr der Gedanken, Gefühle, Eindrücke und Welten.

Wenn du das hier liest, dann ist mein Versuch gescheitert und du musst die auf Papier verdauerte Geschichte erfahren und wirst sie nie von mir persönlich hören.

Kapitel 14: Ein Brief.

Was war das??!
Eigentlich wollte ich es für heute gut sein lassen und zu Bett gehen, da mir der Kopf vom vielen Schreiben schwirrte. Aber nach diesen Worten war ich nun nur noch aufgewühlter!
Wie konnte Mama nur so bösartig reden??
Und gerade als ich das Buch nun doch vor Wut zuklappen wollte, fiel mir ein Brief mit einer fremden Handschrift auf den Schoß, der wohl lose zwischen den nächsten Seiten gelegen haben musste. Er war an Papa adressiert. Ich wunderte mich und meine Neugier bewog mich weiterzulesen:

(…) Lieber Jack,

es tut mir leid…
Ich muss Ihnen leider auch die Aussage des Doktors bestätigen. Sie wissen, dass ich großen Ärger bekomme, wenn man erfährt, dass ich Ihnen schreibe.
Zumal Ihr Arzt der Meinung ist, dass ich damit Ihren Gesundheitszustand gefährde, wenn ich zu viel von Ihrer lieben Frau berichte.
Aber ich habe die Entscheidung dafür getroffen, da sie mir klar und gut im Verstand entgegentreten, immer wenn ich sie besuche. Und Sie tragen eine aufrichtige Liebe für Ihre kranke Frau im Her-

zen, obwohl Sie selbst in einer recht misslichen Lage stecken.

Mit dem Wissen um ihr besorgtes und gutes Herz, schmerzt es mich noch mehr Ihnen folgende Neuigkeiten durchzugeben...

Ja, es stimmt.

Sie stellen den Bösewicht in Dinas Geschichte dar.

Sie hasst ihren Mann so sehr. Das kommt in den Therapiegesprächen immer wieder deutlich hervor, wenn mein Mann davon berichtet. Natürlich ist mir bewusst, dass Sie das alles nicht sind...

In ihrer Welt sind Sie derjenige mit einem Problem...

Es ist unglaublich wie sie ein solch komplexes Werk in all den Jahren aufgebaut und erfunden hat, sagt mein Mann.

Es tut mir so leid, Jack... Ich weiß nicht, was ich noch tun kann. Sie müssen verstehen...

Oder vielleicht auch nicht...

Ich setze mich über meinen Mann hinweg, indem ich mit Ihnen darüber rede. Aber es nützt Ihnen ja nichts, wenn Sie rätseln, was am anderen Ende der Stadt bei Ihrer Frau vor sich geht.

Jedenfalls... können wir nichts mehr tun für Dina. So lautete die Enddiagnose gestern als wir sie zu Bett brachten. Auch ich versuchte mein Glück. Ich redete mit ihr und betete zu Gott, dass er ihr einen klaren Blick und Frieden im Herzen schenke, aber sie ist so schwach.

Um Gottes Willen, Jack, es tut mir leid, dass ich nicht persönlich kommen kann, um Ihnen alles zu erzählen…

Das ist noch nicht alles… Seit letzter Nacht… ist sie verschwunden.

Wir wissen auch bereits, wo sie ist: Sie hat sich im Schuppen eingesperrt.

Das Traurige ist, dass jeder Versuch sich ihr zu nähern mit einer Panikattacke eskaliert…

Sie erkennt uns nur noch als Angreifer. Wir konnten einfach nichts tun.

Sie war uns einen Schritt voraus. Sie schreit immer und immer wieder, dass sie ihrem Leben ein Ende setzen wird, wenn wir mit Gewalt versuchen an sie heranzukommen…

Jack, mir tut es so sehr von Herzen leid.

Sie…ist tot. Dina ist tot.

Und mir kommen die Tränen, wenn ich diese Worte schreibe. Bitte seien Sie gewiss, dass ich auch nur jede noch so winzige Träne, jede Wut und entrüsteten Zorn verstehen kann. Auch wenn Ihnen das nicht viel hilft…

Dina hat ein Feuer gelegt in dem Schuppen und sich so verbarrikadiert, dass jede Rettung zu spät kam… Es tut mir leid.

Ich möchte Ihnen noch einen Brief zeigen, den sie wohl geschrieben haben muss, bevor sie aus der

Klinik ausbrach und sich im Schuppen verschanzte. Eigentlich ist es kein Brief, sondern eher einer ihrer letzten Tagebucheiträge. Man wird Ihnen das Buch bald zukommen lassen, aber momentan darf ich es nicht aus ihrem Zimmer entfernen.

Man möge mir verzeihen, wenn ich unvorsichtig mit Dinas Sachen umgegangen bin. Aber vielleicht ist es besser, wenn Sie Antworten von Ihrer Frau bekommen und nicht von mir...

In begleitender Liebe, Evelyn.

P.s.: Ich hoffe Gott behütet Sie und spendet Ihnen seinen Trost in diesen schweren Zeiten. Ich bete für Sie, dass Ihr Herz nicht krank wird.

Mein letzter Traum...
Hoch und runter, höher und noch weiter nach unten.
Das gleiche Spiel von vorn. Lauter, leiser, lauter leiser. Noch eins draufsetzen: Voller und nun bis zum Anschlag!
Zum Ausrasten und Mitziehen! Schiefer, harmonischer, disharmonischer...!
Für die Ohren ein herausfordernder   Einklang!
Vom Ohr ausgehend hinter die Stirn, ins Hirn, in den Nacken! Die Schultern werfen die Last ab als sie den Impuls vom Nacken bekommen, sich hin-

zugeben.

Die Arme werden leicht, ein Lächeln umspielt die Lippen. Und es kribbelt im Bauch.

Alles wird weich und lässt sich fallen. Die Beine werfen alles Blei ab und bewegen sich nun frei zum vorgegebenen Muster.

Alles gibt das Kommando zurück an den Kopf: „Weitermachen! Alles wird gut!".

Das befürchtete Ende bleibt aus. Es geht weiter und weiter. Der Rausch hält an, obwohl ein Auf-glimmen der weisen Voraussicht verrät, dass es gleich abgerundet zum Ende kommt.

Aber bereits jetzt mit der Vorfreude wieder von vorn zu beginnen!

Die Gedanken verändern sich. Wort für Wort saugt

das Gehirn auf und der Kopf nickt zustimmend unaufhörlich.

Auf einmal projizieren sich Bilder zu den Worten. Ganz so als sei man der Hauptakteur zwischen den Noten.

Da hat wohl jemand genau das geschafft, wozu ich nicht in der Lage war!

Es gibt also doch einen Weg, dem Unaussprechlichen Ausdruck zu verleihen, wenngleich es die wenigsten verstehen werden.

Egal! Ich habe ihn gefunden…

Ich habe den Weg gefunden, der mir jeden weiteren Schritt erhellt…

Ich schreibe die letzten Worte in das Buch vor mir. Die Geschichte ist nun zu Ende.

Soll nun ein anderer an meiner Stelle an diesem elenden Fleck Erde weiter existieren.

Keiner meiner Helden hat es geschafft, mich zu retten.

Ich bin zu schwach auch nur noch eine Sekunde länger meinen Stift in der Hand zu halten.

Ich weiß wie man Vergangenheit, die sich in das Gehirn gefressen hat, auslöschen kann: Man muss sie ausbrennen. Ich werde mir also einen ruhigen Ort suchen, an dem ich endlich frei werden kann. Frei von euch, die mein Leben entstellt haben! All die Protagonisten meiner Geschichte!

So Gott will werde ich gereinigt von all dem was mir anhaftet und dann finde ich Ruhe.

P.S.: Jack, wenn du dies jemals liest, dann merke dir eines: Es ist deine Schuld.
Gott möge mir helfen, dir zu vergeben. Aber ich will dich nicht länger bei mir haben.

P.P.S: Heimgegangen. Ohne dich.

Dina (...)

Kapitel 15: Und heute?

Mama?
Mami…?
Tot…
So verging also Tag für Tag.
Eine Nacht nach der anderen.
Und ich lebte stets in der Ungewissheit über meine Mutter.
Oh, du trügerisch friedliche Ungewissheit! Du hast mich so blind gemacht und meine Sinne abgestumpft, dass ich nicht nach der Wahrheit suchte.

Wie gut du wusstest, dass es besser so war. Denn jetzt … Ja, jetzt blickte ich etwas Dunklem ins Auge, das mich zu verschlingen drohte.
Wenn ich als Kind nachts aufwachte und davon überzeugt war, dass das Monster aus meinem Traum Wirklichkeit war, dann konnte ich spätestens heute den Beweis für seine Existenz liefern: Keine Konturen… nur eine schwarze, wappernde Masse, die sich zäh um mich herum ausbreitete. Irgendwo im Zentrum der Dunkelheit zwei weiß - glühende Augen. Ein gierig aufgerissener Mund, umrandet von Zähnen und gähnende Schwärze im Rachen, lud mich ein geradewegs freiwillig hineinzuspringen, um den grässlich grellen Farben dieser Welt zu entkommen.

Wie freundlich mir das Ungetüm auf einmal erschien.

Wenn es doch sonst keiner tat, so spendete es mir wenigstens Nähe und umhüllte mich in betäubende Dunkelheit.

Die einzige Aufmerksamkeit, die ich jetzt und fortan spüren durfte.

Sonst war da keiner mehr. Sonst gab es nur Geheimnisse und Wahrheiten, die besser unentdeckt blieben.

Ich streckte meine Hand aus, um es zu berühren. Ich wollte den heißen Atem des Monsters auf meiner abgestorbenen Haut spüren. Ich wollte nur irgendetwas fühlen! Nur einen einzigen Hauch! „Es ist alles taub…", flüsterte ich in einem schwachen Atemzug.

Mit geschlossenen Augen und vor Wut geschwollener Brust ballte ich meine Hand zu einer Faust und schrie die Dunkelheit an: „Du Bastard! Du elendes Etwas! Nimm mich endlich! Tu es und beende es! Oh, ich hasse dich! Und ich weiß, du hasst mich auch! Also tu uns den Gefallen und setze allem ein Ende!".

Die wappernde, schwarze Masse kam einen Ruck näher und drückte mich gegen die Wand, an der ich lehnte.

Ich bekam nur noch schwer Luft. Ein gewaltiger Druck lag auf meiner Brust.

„So ist es gut…", röchelte ich.

„Drücke… nur noch… ein wenig fester… zu… ein… Herz… wird… zerbersten… Es ist… nicht… nicht… nicht… mehr viel… davon… übrig…".

Es spielte mit mir.

Es sah mir zu wie ich zwischen Tod und Leben hangelte.

Es genoss meine Entscheidung zum Sterben, wollte mich aber noch etwas hinhalten bevor ich meinen letzten Atemzug tat.

„AAAAAARRRGH!!!!", schrie ich vor Schmerz und Wut zugleich.

„Warum machst du das!! Hast du mich denn nicht schon lange genug gequält?!".

Ich wand mich vor Krämpfen mittlerweile auf dem Boden. „Du hast doch schon alles bekommen, was du wolltest! Meine Mama IST TOT! SIE IST TOT! Sie hat sich SELBST UMGEBRACHT! DU hast sie in den Wahnsinn getrieben! DU!!".

Mit meinen letzten Kräften schrie ich noch einmal all meinen Schmerz aus der Brust heraus und schlug mit meiner noch immer geballten Faust auf den Holzboden ein.

Das Buch, das ich zuvor noch wütend umklammert hatte, viel nun zu Boden und lag verschlossen neben mir, so als wäre nie etwas gewesen. Dann sank ich in mir zusammen und wurde still. Bis ich einschlief.

Kapitel 16: Entwirrung

Ein Blick nach oben, um die Ursache für das Herumschwirren der Pollen zu entlarven, riss den Mann vollkommen aus seinen Gedanken.

Verärgert schloss er die Autotür, was ihm so ganz und gar nicht passte, da die Hitze nun noch unerträglicher für seinen Kopf wurde.

Mit geschlossenen Augen und dem Kopf zurückgelehnt fuhr er nun damit fort, seinen Gedanken nachzuhängen. Nicht etwa weil er sich in seinem Selbstmitleid weidete.

Es war wie immer ein recht erfolgloser Versuch, das Chaos, das die Vergangenheit in ihm anrichtete, zu entwirren. So kräftezehrend es auch zu sein schien, er versuchte es immer wieder.

Was wäre denn die Alternative? Aufgeben? Lieber nicht… Oder doch?

Dennoch war der Mann so wütend und enttäuscht, dass er es kaum mehr schaffte, diesen Zustand noch langfristig auszuhalten.

Wo war denn die Hilfe, wenn man sie brauchte? Gerade jetzt kam es ihm vor, als wäre die gewünschte Hilfeleistung an Bedingungen geknüpft, die es zuvor zu bewältigen galt.

Doch Erwartungen und Bedingungen waren zum Einen nie seine Stärke und vor allem jetzt fehlte ihm Kraft und Verständnis dafür.

„Es wird Zeit nach Hause zu gehen", sagte er, startete das Auto und steuerte Richtung nach Hause auf die Autobahn. Doch eigentlich meinte er mit den Worten etwas ganz anderes...

„Wohin soll ich gehen. Wohin kann ich noch gehen damit es besser wird. Ich möchte gern nach Hause, aber wo ist zu Hause?".

Dieser Mann, nennen wir ihn doch endlich beim Namen: Also, Jack, war wohl nicht der erste Mensch, der sich fragte, wo er eigentlich hingehörte.

Recht tiefgreifende Fragen, die man sich im Leben immer wieder stellen kann.

„Keiner wird mich wirklich vermissen...", rechtfertigte er sein geplantes vorschnelles Verschwinden und beruhigte somit sein Gewissen.

Mal wieder ein Musterbeispiel wie man sich gekonnt unangenehmen Situationen entzog. Jack war in den letzten Jahren gut darin geworden.

Auf der Autobahn der Sonne entgegen, führte ihn sein Weg in das angrenzende Gebirge.

So wie er es von hier aus bereits erkannte, wartete dort oben auf dem Plateau eine bezaubernde Aussicht im Licht der untergehenden Sonne auf ihn. Und was noch viel wichtiger war: Ruhe.

Er trat auf das Gas und die Nadel in der Anzeige schlug bis ins Rote aus. Nur noch ein paar wenige Meter bis zur Ausfahrt.

Während er von der Autobahn herunterfuhr und an der nächsten Gabelung den Schotterweg nach oben nahm, überlegte er sich, was er denn im Ernstfall für Konsequenzen zu erwarten hätte, falls man ihn suchen würde. Wahrscheinlich schwerwiegende… freiheitsberaubende Konsequenzen. Aber manche Dinge stellten eben eine Übermacht dar, die ganz einfach die Kontrolle an sich rissen. Auch Jack war diesen Dingen nicht gewachsen. Also beschloss er, alles weitere auf sich zukommen zu lassen.

Nach einer zehnminütigen Fahrt immer weiter nach oben auf dem Schotterweg und hinter tausend gefühlten Kurven kam er auf dem Plateau an. Er trat langsam auf die Bremse und schaltete den Motor aus. „Was für eine Aussicht!", murmelte Jack gefolgt von einem erleichterten Seufzen als er die Weite durch seine Frontscheibe bewunderte. Nach ein paar Sekunden der friedvollen Trance schüttelte er den Kopf und fragte sich, was er denn eigentlich noch im Auto wollte!

Hier war es doch bloß freiheitsberaubend. Raus aus den Blech- und Glaswänden und hinein in die Strömungen der Ferne, die am ganzen Körper spürbar waren, die ihn in jede mögliche Richtung zogen!

Jack löste hektisch den Sicherheitsgurt und öffnete fahrig die Tür als wäre er seit Wochen in dem engen Raum des Autos eingesperrt gewesen und nun dankbar zum ersten Mal seit Langem wieder die süße Freiheit zu riechen und zu atmen. „Ja, hier draußen ist es viel besser…", seufzte er erleichtert und nahmen einen tiefen Atemzug um allen schlechten und muffigen Dunst aus seinen Lungen zu vertreiben.

Die untergehende Sonne tat den Rest, um Jack endlich eine Träne der Dankbarkeit für diesen Moment zu entlocken.

Mit weit ausgebreiteten Armen und erhobenen Kopf stand er einfach da und lauschte der Stille… Die Abenddämmerung kündigte die Kühle der Nacht an. Alles Licht verabschiedete sich langsam vom Leben am Tag und überließ der Dunkelheit das Feld, um sich in Ecken und Winkeln auszutoben.

Sich auf dem Schotterboden niederlassend, ließ Jack seinen Blick schweifen.

Dieses Licht- und Schattenspiel, das man von hier oben beobachten konnte, erweckte seine Fantasie zum Leben.

Jack musste jedoch gar nicht erst viel seiner Fantasie gebrauchen, um zu verstehen, was dort vor ihm in der Welt vor sich ging.

Er wusste genau, an was ihn die Bilder dort unten zwischen den Häusern und Bäumen erinnerten: Schatten der Vergangenheit.

Menschen, die man fälschlicherweise für menschlich hielt. Irrwege und verzerrte Realität.

Er schüttelte die Gedanken schnell ab als er spürte, dass es wieder ganz heiß hinter seiner Stirn wurde und die Erinnerungen sich an seinem Schmerz weideten. Er wollte nicht mehr weinen. Er wollte einfach nie wieder schwach sein.

Verärgert über den kurzen Verlust seiner Fassung, wandte er sein Gesicht dem violett-farbenen Himmel zu und war kurz davor etwas zu tun, was er schon zu lange nicht getan hatte…

Leider musste er lernen, dass er sich auf nichts und niemandem verlassen konnte. Menschen verletzen.

Er selbst war da nicht besser und er hasste sich für all das Leid, dass er seinen Mitmenschen angetan hatte. Doch das war jetzt vorbei.

Jack hatte die Rechnung dafür bereits tragen müssen. Und nun war es an der Zeit, seine Schuld abzugeben und sich endlich wieder frei machen zu lassen…

„Ja, ich bin undankbar! Denkt über mich, was ihr wollt! Sagt ich bin selbstsüchtig! Ich habe es schon längst verstanden, was ihr von mir haltet!", rief Jack aufgebracht ins scheinbare Nichts und spürte wie eine zweite Träne seine Wange hinunterlief. Diesmal nicht aus Dankbarkeit, sondern aus Wut. Wut über die Schwäche, die allmählich in kleinen

Strömen unaufhaltbar durch die Risse seiner Mauer rann.

Ein unerträgliches Gefühl, etwas anrollen zu spüren und nichts dagegen tun zu können.

Er sprang auf und lief nervös auf und ab. Eigentlich hatte er noch so viel zu sagen. So viel, was er so lange nicht ausgesprochen hatte.

Aber warum sollte jetzt der richtige Moment dazu sein? Sollte ihm diesmal zugehört werden? Sollte er diesmal verstanden werden?

„Unsinn!", schimpfte Jack, blieb stehen und blickte mit gerunzelter Stirn und schwerem Atem die Klippe hinunter.

Die Schatten wurden länger und die ersten Lichter der Autoscheinwerfer stachen nun sichtbar hervor.

Erneut hockte sich Jack an die Stelle, an der er vorher saß und besah sich der Details in seiner Umgebung ganz genau.

‚Wie kann solche Schönheit so trügerisch sein...', dachte er sich, erweichte und ließ sich nun endgültig an Ort und Stelle wieder fallen.

Hin und her gerissen von dem Gefühlschaos versank sein Gesicht in seinen staubigen Händen.

Dreimal tief durchgeatmet und die Tränen von seinem Gesicht gewischt, wurde Jack nun zum ersten Mal seit Langem bewusst, dass es Zeit war, seinen Gefühlen Luft zu machen. Und mal ehrlich, wann war es besser als jetzt?

In den dunkelsten und einsamsten Momenten, in denen nichts weiter spürbar war als bloße Verzweiflung?

Niemand war hier, der ihn hätte verurteilen können für seine verrückten und kranken Gedanken und Erfahrungen.

Jack wandte sein Gesicht also wieder seit so langer Zeit der einzigen Hoffnung zu, die ihm verblieben war und das schon seit Anbeginn der Zeit.

Er sah hinauf zum Himmel, der nun dunkles Blau annahm, schloss die Augen und atmete noch einmal tief durch. Dann begann er zu beten: „Hallo, Papa… Ich bin es… Hast du einen Moment Zeit mir zuzuhören?…Auch, wenn ich mich so lange nicht bei dir gemeldet habe…?"

Dieser Mann, ein geliebtes Kind des Vaters, verschmolz mit dem Licht der Nacht im Mond und Sternen. Sein Vater würde nicht zulassen, dass die Dunkelheit noch näher an ihn herantrat. Ganz gleich wie sein Kind zuvor Kontakt vermieden und oft falsch gehandelt hatte.

Die beiden waren sich in diesen schmerzlichen Stunden so nah wie nie zuvor.

Ein Bild wahrer Liebe! Auch wenn alles zuvor schlecht schon, dann war nichts vergebens.

Und wenn es nur den einen Sinn hatte, dass Kind

und Vater sich nun so liebevoll begegneten. Diese Nacht gehörte nur den beiden.

Kapitel 17: Frieden

So friedlich und fest hatte das kleine Mädchen schon lange nicht mehr geschlafen.

Ihr Brustkorb hob und senkte sich mit jedem tiefen Atemzug, der Ausdruck war für einen ruhigen Schlaf.

 Lizzy hatte diesen auch mehr als nötig nach den letzten Stunden, dem letzten Tag, den letzten Wochen, Monaten... Jahre...

Während Gott also mit ihrem Papa an einem anderen Ort sprach, besah er sich dennoch liebevoll seine Tochter und beschütze sie, während sie so schwach und am Ende ihrer Kräfte auf dem staubigen Holz des Dachboden lag.

Gott kannte Lizzy ganz genau und er wusste auch, dass sie sich vor Dunkelheit fürchtete.

Er schickte drei kleine Glühwürmchen durch den offenen Spalt des Dachfensters. Sie funkelten schwach als sie über das kleine Mädchen ihre Kreise zogen.

So würde sie zuerst die kleinen Lichter erblicken, wenn sie erwachte und nicht in das Angesicht der Schwärze sehen müssen.

Aber Lizzy würde ohnehin jetzt nicht aufwachen. Dafür sorgte Gott.

Er wusste, dass sie nun Kraft brauchte.

Der Wind säuselte leise um das Haus und durch die Dielen des Bodens.

Bäume raschelten und wiegten sich sanft hin und her. Die Welt hielt ihren Atem an, um den Augenblick zu genießen und sich vom Treiben des Guten und Bösen für ein paar Minuten zur erholen. Es lag ein tiefer Frieden auf dem angrenzenden Wald und all seinen Bewohnern.

Auch wenn sie am Tage instinktiv gesinnt waren, dann hatten sie nun ein gemeinsames Gemüt: Alles lauschte auf Gottes Gegenwart, die sich auf atemberaubende Weise bemerkbar machte durch eine gebieterische, bezaubernde Stille.

Eine helle, leuchtende Ruhe strahlte der Moment

aus und man wusste, dass Er alles in seinen Händen hielt.

Die Welt musste dann und wann wieder erinnert werden, woher sie kam… Und wohin sie ging.

Der kleine Fluss, der sich durch den Waldboden schlängelte, vorbei an hochgewachsenen, mächtigen Bäumen, Gestein, Laubwegen, Gestrüpp und verwachsenen Wurzeln glitzerte silbern im Mondlicht.

Hier und da brach sich der Mond einen Weg durch das Geäst und warf Strahlen auf das bewegte Wasser. Das Licht reflektierte und brach sich auf der Wasseroberfläche und tanzte in kleinen Funken nun im Wald umher.

Wie kleine Feen gingen sie voller Lebensfreude ihrer Aufgabe nach: Sich über die Schönheit der Schöpfung für ein paar bewusste Momente zu freuen bevor es am Tag weiterging mit anderem geschäftigen Treiben.

Und Gott freute sich über diesen lieblichen Anblick.

So vergingen die Stunden jener Nacht und das Schauspiel neigte sich dem Ende zu. Die kleinen Feen wichen langsam zurück und begannen sich zu verstecken.

Der Wind verstummte immer mehr im Vergleich zu den Vögeln, die nun erwachten und den Morgen durch helles Zwitschern begrüßten.

Auch der Himmel färbte sich nun von einem Dunkelblau über ein Violett hin zum Rot der Morgendämmerung. Nebel hing auf dem Boden und kleine Tropfen sprachen für die morgendliche Kühle, die die Luft klar und sauber machte.

Ein neuer Tag brach an und Gott besah sich nun wieder dem Treiben, das nun von vorn begann.

Lizzy fuhr ein Schauer über den ganzen Rücken als sie durch einen kalten, feuchten Luftzug wach wurde, der sich durch das noch offenstehende Dachfenster gepresst hatte.

Sie öffnete die Augen, sag die angelaufenen Scheiben und das rötliche Licht, das sich verschwommen durch das Glas brach. Mit einem suchenden Griff nach ihrer Bettdecke bemerkte sie erst jetzt genau, wo sie sich befand: Nicht in ihrem Zimmer und schon gar nicht auf ihrem Bett. Sie setzte sich auf und streckte ihre noch müden Arme und Beine. Nachdem sie sich den Schlaf aus den Augen gerieben hatte, fiel ihr Blick auf etwas, das sie dankbarerweise für ein paar Stunden vergessen hatte: Da lag ein Buch… Zugeschlagen und so unschuldig lag es da.

Lizzy erinnerte sich schmerzlich an seine Worte. Ein Stechen durchfuhr Bauch und Brust.

Mit einem ruckartigen Griff packte sie es am Rücken und schleuderte es weg von sich. Das Buch flog im hohen Bogen durch den ganzen Dachstuhl bis es von der angrenzenden Wand und dem Gerümpel im Schrank gebremst wurde.

Im geraden Sturz zu Boden kam es dann zur Ruhe. Teilnahmslos und unbeeindruckt lag es dort. Nicht wie zuvor, zugeschlagen, sondern mit einer beschrieben Seite nach oben.

Lizzy konnte von der Stelle aus, wo sie noch zitternd und fröstelnd saß, nicht erkennen, um welche Stelle es sich handelte.

Aber das kleine Buch forderte sie unaufhaltsam auf, sich zu erheben und nachzusehen.

Ihr widerstrebte dieser Gedanke, wollte sie doch am liebsten nie ein Wort daraus gelesen haben. Sie kostete noch ein paar Momente aus und ignorierte das Rufen und Schreien der geschrieben Worte, die ihre Aufmerksamkeit haben wollten. Sie besah sich den Dachboden nun im Tageslicht und stellte fest, dass alles um einiges freundlicher aussah im Tageslicht. Wenigstens ein Hoffnungsschimmer: Nach jeder Nacht kehrte der Tag zurück und mit ihm das Licht und das Leben.

Wie gern hätte sie dennoch das Licht und diesen Tag für ein Lächeln eines liebenden Menschen eingetauscht.

Mit Tränen in den Augen flüsterte sie in die Stille des Raumes: „Ich möchte ein Lächeln. Nur ein einziges Lächeln, das ein paar Momente andauert und mir sagt ‚Ich habe dich lieb'… Das habe ich schon so lange nicht mehr gehört.“

Sie verstummte in einem tiefen Schluchzen.

„Bitte… Gott, was kannst du für mich tun? Nur ein paar Sekunden, in denen ich mich in lächelnden Augen verlieren kann. Wohlwollende Gesichtszüge und ein Blick, der sich nicht sofort wieder von mir abwendet…“.

Lizzy verlor nun vollends die Fassung.

Eine Träne nach der anderen liefen ihre geröteten Wangen herab und zerschellten auf ihrer Nase, um dann aufgesaugt zu werden vom Holzboden. Leider entsprach es der Realität, dass sie keiner um Lizzy kümmerte in dem vergangenen Jahr. Und bessere Aussichten gab es auch nicht.

Jeder mied das junge Mädchen aus Verunsicherung und Angst, weil keiner wusste, was zu sagen war. Immerhin hatte sie verrückte Eltern…

Wahrscheinlich kannte auch bereits jeder die Geschichte, ohne das Buch gelesen zu haben. Und wahrscheinlich nahm jeder an, dass Lizzy zu jung war, um mit ihr über solche Dinge ernsthaft zu reden.

Also entschied sich jeder für Schweigen und Wegsehen.

Dem jungen Mädchen tat das sehr weh. Auch wenn sie die meiste Zeit abgelenkt war durch Alltag und Stress, aber nun wurde es ihr umso mehr bewusst wie wenig Menschen um sie herum waren, die sich wirklich kümmerten…

Die Strahlen der Sonne, die sich gerade wärmend durch das kleine Dachfenster warfen, befreiten Lizzy aus ihren Gedanken und trockneten ich Tränen.

Sie schloss die Augen und genoss es aufgefangen zu werden. Es war niemand hier. Zumindest nichts Materielles. Aber sie fühlte sich seltsam geliebt und gehalten in diesem Moment. Ein tiefes Ein- und Ausatmen lösten nun auch den Kloß in ihrem Hals, der sich allmählich nach dem Erwachen gebildet hatte.

Erst jetzt bemerkte sie, dass sie sich erstaunlich ausgeruht und ausgeschlafen fühlte, was kaum zu glauben war, wenn man die Schlafstätte der letzten Nacht bedachte.

Sie war dankbar für diesen Umstand, weil sie nun den Tag angehen konnte, der wohl noch eine Menge für sie bereithielt.

„Vielleicht solltest du die Ratlosigkeit ablegen und austauschen mit dem ersten Schritt hin zur Ankunft.", sprach es sanft in ihr.

Lizzy war sich nun sicher, dass Gott mit ihr redete.

Sie nickte zustimmend und stemmte sogleich die Arme auf den Boden, um sich zu erheben.

Ihre Schritte führten sie langsam zum dem Buch auf der anderen Seite des Dachstuhls.

Die zarte Handschrift bekam immer mehr Konturen mit jedem Schritt, den sie sich näherte.

Als das Buch nun zu ihren Füßen lag, erkannte sie, dass es sich um einen Auszug von ihr handelte. Lizzy runzelte die Stirn, ging in die Knie und nahm das Buch auf.

Papa zog mich noch einmal an sich heran und sprach:

„Lizzy, wenn ich hier fertig bin und alles erledigt ist, dann wirst du die kleinen Fallschirme aufsteigen und vor deiner Nase tanzen sehen. Dann weißt, dass ich heimgegangen bin und es mir gut geht.".

Wie damals war Lizzy verwirrt, dachte aber diesmal eindringlicher über diese Worte nach.

Nicht lange und sie gab das Grübeln auf. Sie würde ganz einfach zu Papa gehen und ihn fragen!

Ihr Kopf arbeitete nun etwas langsamer, nachdem sie so viele Informationen bekommen hatte in der letzten Zeit.

Aber sie konnte wohl noch sehr gut ihre Beine benutzen und zu ihrem Papa gehen. Der einzige Mensch, der ihr noch geblieben war, auch wenn er mehr Pflege und Sorge benötigte als früher.

Lizzy klemmte sich das Buch unter den Arm, schnappte ihre Jacke, die sie beim Betreten des Dachbodens abgelegt hatte und ging schnell aus dem Haus.

„Heute gibt es keine Schule für mich. Ich habe

etwas zu erledigen!", sprach sie entschlossen vor sich hin und sogar ein Lächeln umspielte ihr Lippen als sie daran dachte, dass sie der Wahrheit über die Vergangenheit endlich einen Platz in ihrem Leben einräumen konnte.

Aber dazu brauchte sie Papa, da hier und dort trotzdem noch die ein oder andere Frage offen stand.

„Bevor ich zum Krankenhaus laufe, möchte ich aber endlich den Ort sehen, an dem Mama und Papa sich zum ersten Mal begegneten!", rief Lizzy, rannte los, fest entschlossen alles zu verstehen und steuerte Richtung Klippe an, von der Papa geschrieben und erzählt hatte.

Vielleicht sollte das auch schon ihre letzte Station sein.

Kaptiel 18: Das Ende vom Ende

Das Leben ist eine Geschichte.

Nicht unzählige, aber doch ungezählte Kapitel zeichnen sie. Diese Kapitel schreiben sich fortlaufend selbst.

Vorauslesen kann man die Geschichte nicht. Vielleicht hat man eine Ahnung wie die Geschichte ausgeht. Aber meistens ist nur ein Rückwärtslesen möglich. Jedoch ohne in der Lage zu sein, etwas an den geschrieben Zeilen zu ändern.

Was steht am Anfang einer jeden Geschichte bevor sie überhaupt geschrieben wird? Eine Idee? Ein Gedanke? Ein Gefühl? Oder vielleicht schon ein Name?

Gedanken formen Gefühle. Aber stimmt das? Sind es nicht viel mehr Gefühle über die man sich Gedanken macht und später dann in Worte fasst? Und ist es nicht so, dass man dann eine Idee oder eine Ahnung als Fazit zieht?

Warum prägen uns diese Schlussfolgerungen so sehr? Warum beherrschen sie die Geschichte? Wie kann es sein, dass diese äußeren Einflüsse in der Geschichte mehr lenken als wir vielleicht beabsichtigen oder wollen?

Kann ein Name also überhaupt am Anfang einer Geschichte stehen oder kommt er am Ende? Muss er vielleicht erst entstehen? Vielleicht ist es auch einfach nur ein leerer Titel, der erst sinnvoll wird, wenn er durch Gefühle, Gedanken, Ideen und Schlussfolgerungen gefüllt wird…?!

Wie soll der Titel eigentlich aussehen? Soll er etwas Perfektes suggerieren, aber inhaltlich nichts von dem halten, was er versprochen hat oder sich doch lieber ‚nur‘ gut anhören und schön klingen, aber offen bleiben für zahlreiche Überraschungen, die sich dahinter verbergen?

Müssen diese Überraschungen dann stets positiv sein? Kann man vielleicht sogar auch Unerwartetes abfedern?

Sollten wir vielleicht lernen zu unterscheiden, zwischen unerwartet bzw. unschön und ‚nicht gut‘?

Besteht hierbei nicht ein großer Unterschied? Warum kann nicht alles trotzdem gut sein, auch wenn es im ersten Moment als unschön empfunden wird?

Sieht denn wirklich niemand, dass alles, was nicht aus bösem Willen geschieht, einem guten Titel nicht widerspricht? Ist das nicht schon die Lösung für das Titel-Problem? Dass jeder Titel einfach nach dem ‚Guten‘ streben sollte?

Warum ist es nur so unheimlich schwer, dieses Ziel nicht aus den Augen zu verlieren? Warum ist es so wahnsinnig schwer, nicht blind zu sein für richtige Entscheidungen und Handlungen, damit der Titel nicht befleckt wird?

Was tun wir, wenn wir dem Titel ein paar unschöne Schrammen verpasst haben? Es bereuen?

Uns vielleicht sogar vorher an eine Richtlinie halten, die uns lieber zur Vorsicht als zur Nachsicht ermahnt?

Oder bitten wir im Nachhinein einfach nur immer wieder um Verzeihung, weil das wohl doch der einfachste Weg ist?

So also schreiben sich die Kapitel in der Geschichte fortlaufend selbst.

Durch unschöne Schrammen, Flecken und vielleicht Widersprüche. Bleibt hierbei bloß noch die Hoffnung bestehen, dass trotzdem alles aus einem guten Kern entspringt.

Bedeutet dies jetzt schlussendlich, dass der Anfang einer Geschichte ganz gleichgültig ist? Die Gefühle und Gedanken sind vollkommen ohne Bedeutung und werden erst gehaltvoll, wenn sie sich nach und nach weiterentwickeln?

Im Ernst: Ist es nicht eigentlich auch ganz egal? Ist es nicht ganz gleich, was am Anfang steht bzw. stand, wenn man doch sowieso immer nur einer Frage nachgeht?

Wie geht es weiter? Wie geht die Geschichte weiter? Wie endet sie?

Gibt es eine Antwort?

Tausend Fragen. ‚Warum?' ist die schmerzlichste von allen. Was veranlasst mich eigentlich, ein Kapitel bestehend aus Fragen zu schreiben?
Und noch viel wichtiger: Warum antwortet mir niemand?

Ich erkenne keine Farben weiterhin,
ohne Buntes hier, ist dieses Leben so leer.
Grau und Schwarz und blass und blässer-das ergibt doch alles keinen Sinn!
Diese dunkle Brille auf meiner Nase ist einfach zu schwer.
Wo und was und wer ich nun ohne dich bin?
Diese Fragen jetzt zu stellen...
Das ist einfach nicht mehr fair.
Die fehlenden Antworten beginnen mich zu quälen.
Und ich wunder mich nun mehr und mehr.

…

Ihr fragt euch, was ich hier tue? Was ich hier schreibe? Hier am Rand der Welt auf dieser Klippe an der alles begann und alles endet?
Nun… Keine Ahnung.
Ich halte wie gestern einfach nur noch das Buch aufgeschlagen in der Hand. Sitze allein hier und versuche meinen chaotischen Worten Ordnung zu verleihen, indem ich ein Ende der Geschichte zu-

füge.

Nur die Örtlichkeit hat sich verändert. Ansonsten ist alles geblieben: Ich bin allein. Und diesmal endgültig allein.

Egal, was man hat, egal, was man besitzt… Man trägt immer einer Sehnsucht in sich. So lange bis man etwas verliert und erst dann versteht wie reich man gewesen ist und wie arm man ohne es ist.

Wollt ihr wissen, was passiert ist? Wollt ihr wissen wie schnell sich ein Vorhaben in Luft auflösen kann und die Zeit aufhört zu vergehen?

Ich erzähle es euch…

Ich lief so schnell mich meine Füße und Beine trugen hin an den Ort, von dem ich mir Schönheit, Verzauberung und etwas Magisches versprach. Meine Lungen pumpten so viel Sauerstoff durch meinen Körper, dass ich der Aufregung kaum gewachsen war.

Den steilen Schotterweg, der da vor mir lag, überrannte ich und ließ ihn mich nicht daran hindern mein schnelles Tempo beizubehalten.

Ich wollte unbedingt so schnell wie nur möglich die Aussicht sehen, die an so vielen Stellen in meinem Leben bereits beschrieben wurde.

Ich wollte sie fühlen! ich wollte sie atmen! Ich wollte sie riechen! Ich wollte sie greifen! Einen

Schritt an die Klippe setzen, die Papa und Mama damals so mutig überschritten hatten, weil sie wussten, dass Gott sie auffängt! Ich wollte den Wind hören und die Weite und Ferne spür-...

„Papa?..."

...

„Was... Was tust du denn hier...?"

...

„Papi..."

Ich rannte zu ihm.

„Hey... Du kannst doch nicht... Papa???"

Und auf einmal wollte ich nichts mehr von all dem spüren, sondern sehnte mich nach einem warmen, lebendigen Körper in meinen Armen.
Stattdessen hielt ich etwas Schlaffes, Kaltes in der Hand.

„Das kann nicht dein Ernst sein, Papa..."

...

„Was machst du denn hier... Du... erkältest dich noch...", schluchzte ich.

Kalter Wind fegte der Sonne zum Trotz über die Klippe und ließ Papa und mich frösteln. Ich zog meine Jacke aus, deckte ihn zu und legte seinen Kopf auf meinen Schoß.

Dann blickte ich für Stunden ohne ein Wort mit Papa zu wechseln in die Ferne.

Diese Aussicht war Magisch - ohne Frage. Aber sie wirkte eher bedrohlich auf mich.

Nach einer Ewigkeit löste ich meinen Blick von der endlosen Weite und folgte einer kleinen Bewegung die ich aus dem Augenwinkel vernahm.

Kleine Schirmchen stiegen vor mir auf. Kleine Fallschirmchen, die sich von ihren irdischen Ankern lösten und in den Himmel aufstiegen.

Papa zog mich noch einmal an sich heran und sprach:

„Lizzy, wenn ich hier fertig bin und alles erledigt ist, dann wirst du die kleinen Fallschirme aufsteigen und vor deiner Nase tanzen sehen. Dann weißt, dass ich heimgegangen bin und es mir gut geht.".

„Ich habe es jetzt verstanden, Papa…", weinte ich.

„Du bist schon einmal diesen Weg gegangen und in gute Hände gelangt… Vielleicht ist es an der Zeit, diesen Weg ein letztes Mal gehen…"

Ich erhob mich, packte Papa an und schob ihn über die Klippe hinaus.

Ich blickte ihm nicht hinterher als er fiel. Aber ich wusste, dass er sich nun wie die kleinen Schirmchen hoch zu Gott erheben würde.

Ich sah nach oben und wusste, dass ich nun allein war. Gott würde mir helfen müssen, dieses Leben zu bestreiten. Bis meine Zeit gekommen war.

„Mama, Papa…? Ihr… Ihr seid   heimgegangen… Ohne mich."

Da sitze ich nun. Ich bin die, die noch übrig ist und ich beende diese Geschichte in dem Buch.

Dem hier wird nichts mehr zuzufügen sein. Ein neues Kapitel bricht an.

Wo ich jetzt hingehen soll, weiß ich nicht. Aber ich kenne deinen Weg, kleines Buch. (…)

Das waren Lizzys letzte Worte bevor sie das Buch endgültig zuschlug und es weit über die Klippe warf.

Sollte es seinen Weg finden und denen in die Hände fallen, die damit mehr anfangen konnten als das kleine Mädchen, das sich momentan noch viel zu sehr als Protagonistin dieser Geschichte fühlte, als dass sie es weiter bei sich tragen wollte. Eine Geschichte schreibt sich fortlaufend selbst. Wie lang sie werden wird, ist nicht zu sagen. Natürlich gibt es immer ein mögliches Ende. Vorhersehbar ist dieses jedoch nicht.

Wenn nicht unzählige dann doch unzählbare Kapitel sind schon geschrieben. Es stellt sich die Frage, ob es vielleicht schon das Ende der Geschichte ist. Das hier war ihre Geschichte.

Bisher wurde Kapitel für Kapitel geschrieben. Ob gut oder schlecht. Sie sind erfolgreich geschrieben worden. Bis hier. Wenn man sie nun rückwärts lese, machte man sich bloß traurig.

Die Geschichte ist bisher nicht sehr zufriedenstellend. Ein Vorwärtslesen ist auch nicht möglich.

Die Geschichte steckt fest. Es geht nicht weiter.

Der Wunsch nach Ausatmen ist auch nicht mehr sehr groß.

Lizzy glaubte, das Ende bereits zu kennen. Es war ein unerwartetes Ende, das niemand kannte. Nur sie.